Romeo y Julieta

William Shakespeare

Ilustrado por Dino Di Lena

Índice

Personajes

Scala, príncipe de Verona.
Paris, joven hidalgo deudo del príncipe.
Montagüe, jefe de las dos casas rivales.
Capuleto, jefe de las dos casas rivales.
Un anciano, tío de Capuleto
Romeo, hijo de Montagüe.
Mercucio, pariente del príncipe y amigo de Romeo.
Benvolio, sobrino de Montagüe y amigo de Romeo.
Tybal, sobrino de Lady Capuleto.
Fray lorenzo, de la orden de San Francisco.
Fray juan, perteneciente a la misma.
Baltasar, criado de Romeo.
Sansón, criado de Capuleto.
Gregorio, criado de Capuleto.
Abraham, criado de Montagüe.
Un boticario.
Tres músicos.
El coro.
Paje de paris.
Un muchacho.
Pedro, servicial de la Nodriza de Julieta.
Un oficial.
Lady montagüe, esposa de Montagüe.
Lady capuleto, consorte de Capuleto.
Julieta, hija de Capuleto.
Nodriza de Julieta.
Ciudadanos de verona.
Varios parientes de las dos casas.
Máscaras.
Guardias.
Sirvientes.

Acto primero

Prólogo

Entra el coro

Coro.

En la hermosa Verona, donde colocamos nuestra escena, dos familias de igual nobleza, arrastradas por antiguos odios, se entregan a nuevas turbulencias, en que la sangre patricia mancha las patricias manos. De la raza fatal de estos dos enemigos vino al mundo, con hado funesto, una pareja amante, cuya infeliz, lastimosa ruina llevara también a la tumba las disensiones de sus parientes.

El terrible episodio de su fatídico amor, la persistencia del encono de sus allegados al que sólo es capaz de poner término la extinción de su descendencia, va a ser durante las siguientes dos horas el asunto de nuestra representación. Si nos prestáis atento oído, lo que falte aquí tratará de suplirlo nuestro esfuerzo.

(Se va)

Escena I

[*Verona. Una plaza pública*]
(*Entran Sansón y Gregorio, armados de espadas y broqueles*)

Sansón. Bajo mi palabra, Gregorio, no sufriremos que nos carguen.

Gregorio. No, porque entonces seríamos cargadores.

Sansón. Quiero decir que si nos molestan echaremos fuera la tizona.

Gregorio. Sí, mientras viváis echad el pescuezo fuera de la collera.

Sansón. Yo soy ligero de manos cuando se me provoca.

Gregorio: Pero no se te provoca fácilmente a sentar la mano.

Sansón. La vista de uno de esos perros de la casa de Montagüe me transporta.

Gregorio. Trasportarse es huir, ser valiente es aguardar a pie firme: por eso es que el trasportarte es ponerte en salvo.

Sansón. Un perro de la casa ésa me provocará a mantenerme en el puesto. Yo siempre tomaré la acera a todo individuo de ella, sea hombre o mujer.

Gregorio. Eso prueba que eres un débil tuno, pues a la acera se arriman los débiles.

Sansón. Verdad; y por eso, siendo las mujeres las más febles vasijas, se las pega siempre a la acera. Así, pues, cuando en la acera me tropiece con algún Montagüe, le echo fuera, y si es mujer, la pego en ellaGregorio. La contienda es entre nuestros amos, entre nosotros sus servidores.

Sansón. Es igual, quiero mostrarme tirano. Cuando me haya batido con los criados, seré cruel con las doncellas. Les quitaré la vida.

Gregorio. ¿La vida de las doncellas?

Sansón. Sí, la vida de las doncellas, o su... Tómalo en el sentido que quieras.

Gregorio. En conciencia lo tomarán las que sientan el daño.

Sansón. Se lo haré sentir mientras tenga aliento y sabido es que soy hombre de gran nervio.

Gregorio. Fortuna es que no seas pez; si lo fueras, serías un pobre arenque. Echa fuera el estoque; allí vienen dos de los Montagües.

(Entran Abraham y Baltasar)

Sansón. Desnuda tengo la espada. Busca querella, detrás de ti iré yo.

Gregorio. ¡Cómo! ¿irte detrás y huir?

Sansón. No temas nada de mí.

Gregorio. ¡Temerte yo! No, por cierto.

Sansón. Pongamos la razón de nuestro lado; dejémosles comenzar.

Gregorio. Al pasar por su lado fruñciré el ceño y que lo tomen como quieran.

Sansón. Di más bien como se atrevan. Voy a morderme el dedo pulgar al enfrentarme con ellos y un baldón les será si lo soportan.

Abraham. ¡Eh! ¿Os mordéis el pulgar para afrentarnos?

Sansón. Me muerdo el pulgar, señor.

11

Abraham. ¿Os lo mordéis, señor, para causarnos afrenta?

Sansón. [*Aparte a Gregorio*] ¿Estará la justicia de nuestra parte si respondo sí?

Gregorio. No.

Sansón. No, señor, no me muerdo el pulgar para afrentaros; me lo muerdo, sí.

Gregorio. ¿Buscáis querella, señor?

Abraham. ¿Querella decís? No, señor.

Sansón. Pues si la buscáis, igual os soy: Sirvo a tan buen amo como vos.

Abraham. No, mejor.

Sansón. En buen hora, señor

(*Aparece a lo lejos Benvolio*)

Gregorio. [*Aparte a Sansón*] Di mejor. Ahí viene uno de los parientes de mi amo.

Sansón. Sí, mejor

Abraham. Mentís.

Sansón. Desenvainad, si sois hombres. -Gregorio, no olvides tu estocada maestra.

(*Pelean*)

Benvolio. [*Abatiendo sus aceros*] ¡Tened, insensatos! Envainad las espadas; no sabéis lo que hacéis.

(*Entra Tybal*)

Tybal. ¡Cómo! ¿Espada en mano entre esos gallinas? Vuélvete, Benvolio, mira por tu vida.

Benvolio. Lo que hago es apaciguar; torna tu espada a la vaina, o sírvete de ella para ayudarme a separar a esta gente.

Tybal. ¡Qué! ¡Desnudo el acero y hablas de paz! Odio esa palabra como odio al infierno, a todos los Montagües y a ti? Defiéndete, cobarde!

(*Se baten. Entran partidarios de las dos casas, que toman parte en la contienda; enseguida algunos ciudadanos armados de garrotes*)

Primer Ciudadano. ¡Garrotes, picas, partesanas! ¡Arrimad, derribadlos! ¡A tierra con los Capuletos! ¡A tierra con los Montagües!

(*Entran, Capuleto en traje de casa, y su esposa*)

Capuleto. ¡Qué ruido es éste! ¡Hola! Dadme mi espada de combate.

Lady Capuleto. ¡Un palo, un palo! ¿Por qué pedís una espada?

Capuleto. ¡Mi espada digo! Ahí llega el viejo Montagüe que esgrime la suya desafiándome.

(Entran el vicio Montagüe y Lady Montagüe)

Montagüe. ¡Tú, miserable Capuleto! -No me contengáis, dejadme en libertad.

Lady montagüe. No darás un solo paso para buscar un contrario.

(Entran el Príncipe y sus acompañantes.)

Príncipe. Súbditos rebeldes, enemigos de la paz, profanadores de ese acero que mancháis de sangre conciudadana -¿No quieren oír? ¡Eh, basta! hombres, bestias feroces que saciáis la sed de vuestra perniciosa rabia en rojos manantiales que brotan de vuestras venas, bajo pena de tortura, arrojad de las ensangrentadas manos esas inadecuadas armas y escuchad la sentencia de vuestro irritado Príncipe.

Tres discordias civiles, nacidas de una vana palabra, han, por tu causa, viejo Capuleto, por la tuya, Montagüe, turbado por tres veces el reposo de la ciudad y hecho que los antiguos habitantes de Verona, despojándose de sus graves vestiduras, empuñen en sus vetustas manos las viejas partesanas enmohecidas por la paz, para reprimir vuestro inveterado rencor. Si volvéis en lo sucesivo a perturbar el reposo de la población, vuestras cabezas serán responsables de la violada tranquilidad. Por esta vez que esos otros se retiren. Vos, Capuleto, seguidme; vos, Montagüe, id esta tarde a la antigua residencia de Villafranca, ordinario asiento de nuestro Tribunal, para conocer nuestra ulterior decisión sobre el caso actual. Lo digo de nuevo, bajo pena de muerte, que todos se retiren.

(Vanse todos menos Montagüe, Lady Montagüe y Benvolio)

Montagüe. ¿Quién ha vuelto a despertar esta antigua querella? Habla, sobrino, ¿estabas presente cuando comenzó?

Benvolio. Estaban aquí batiéndose encarnizadamente antes de mi llegada: yo desenvainé para apartarlos: en tal momento se presenta el

—

violento Tybal, espada en mano, lanzando a mi oído provocaciones al propio tiempo que blandía sobre su cabeza la espada, hendiendo el aire, que sin recibir el menor daño, lo befaba silbando. Mientras nos devolvíamos golpes y estocadas, iban llegando y entraban en contienda partidarios de uno y otro bando, hasta que vino el Príncipe y los separó.

Lady montagüe. ¡Oh! ¿dónde está Romeo? -¿Le habéis visto hoy? Muy satisfecha estoy de que no se haya encontrado en esta refriega.

Benvolio. Señora, una hora antes que el bendecido sol comenzara a entrever las doradas puertas del Oriente, la inquietud de mi alma me llevó a discurrir por las cercanías, en las que, bajo la arboleda de sicomoros que se extiende al Oeste de la ciudad, apercibí, ya paseándose, a vuestro hijo. Dirigirme hacia él; pero descubr1ome y se deslizó en la espesura del bosque: yo, juzgando de sus sentimientos por los míos, que nunca me absorben más que cuando más solo me hallo, di rienda a mi inclinación no contrariando la suya, y evité gustoso al que gustoso me evitaba a mí.

Montagüe. Muchas albas se le ha visto en ese lugar aumentando con sus lágrimas el matinal rocío y haciendo las sombras más sombrías con sus ayes profundos. Mas, tan pronto como el sol, que todo lo alegra, comienza a descorrer, a la extremidad del Oriente, las densas cortinas del lecho de la Aurora, huyendo de sus rayos, mi triste hijo entra furtivamente en la casa, se aísla y enjaula en su aposento, cierra las ventanas, intercepta todo acceso al grato resplandor del día y se forma él propio una noche artificial. Esta disposición de ánimo le sera luctuosa y fatal si un buen consejo no hace, cesar la causa.

Benvolio. Mi noble tío, ¿conocéis vos esa causa?

Montagüe. Ni la conozco ni he alcanzado que me la diga.

Benvolio. ¿Habéis insistido de algún modo con él?

Montagüe. Personalmente y por otros muchos amigos; pero él, solo confidente de sus pasiones, en su contra -no diré cuán veraz- es tan reservado, tan recogido en sí mismo, tan insondable y difícil de escudriñar como el capullo roído por un destructor gusano antes de poder desplegar al aire sus tiernos pétalos y ofrecer sus encantos al sol.

Si nos fuera posible penetrar la causa de su melancolía, lo mismo que por conocerla nos afanaríamos por remediarla.

(Aparece Romeo, a cierta distancia)

Benvolio. Mirad, allí viene: tened a bien alejaros. Conoceré su pesar o a mucho desaire me expondré.

Montagüe. Ojalá que tu permanencia aquí te proporcione la gran dicha de oírle una confesión sincera. Vamos, señora, retirémonos.

(Montagüe y su esposa se retiran)

Benvolio. Buenos días, primo.

Romeo. ¿Tan poco adelantado está el día?

Benvolio. Acaban de dar las nueve.

Romeo. ¡Infeliz de mí! Largas parecen las horas tristes. ¿No era mi padre el que tan deprisa se alejó de aquí?

Benvolio. Sí. -¿Qué pesar es el que alarga las horas de Romeo?

Romeo. El de carecer de aquello cuya posesión las abreviaría.

Benvolio. ¿Carencia de amor?

Romeo. Sobra.

Benvolio. ¿De amor?

Romeo. De desdenes de la que amo.

Benvolio. ¡Ay! ¡Que el amor, al parecer tan dulce, sea en la prueba tan tirano y tan cruel!

Romeo. ¡Ay! ¡que el amor, cuyos ojos están siempre vendados, halle sin ver la dirección de su blanco! ¿Dónde comeremos? ¡Oh, Dios! ¿qué refriega era ésta? Mas no me lo digáis, pues todo lo he oído. Mucho hay que luchar aquí con el odio, pero más con el amor. ¡Sí, amante odio! ¡Amor quimerista! ¡Todo, emanación de una nada preexistente! ¡futileza importante! ¡grave fruslería! ¡informe caos de ilusiones resplandecientes! ¡leve abrumamiento, diáfana intransparencia, fría lava, extenuante sanidad! ¡sueño siempre guardián, asunto en la esencia! -Tal cual eres yo te siento; yo, que en cuanto siento no hallo amor! ¿No te ríes?

Benvolio. No, primo, lloro más bien.

Romeo. ¿Por qué, buen corazón?

Benvolio. De ver la pena que oprime tu alma.

Romeo. ¡Bah! El yerro de amor trae eso consigo. Mis propios dolores ya eran carga excesiva en mi pecho; para oprimirlo más, quieres aumentar mis pesares con los tuyos. La afección que me has mostrado añade nueva pena al exceso de mis penas. El amor es un humo formado por el vapor de los suspiros; alentado, un fuego que brilla en los ojos de los amantes; comprimido, un mar que alimentan sus lágrimas. ¿Qué más es? Una locura razonable al extremo, una hiel que sofoca, una dulzura que conserva. Adiós, primo.

Benvolio. Aguardad, quiero acompañaros; me ofendéis si me dejáis así.

Romeo. ¡Bah! Yo no doy razón de mí propio, no estoy aquí; éste no es Romeo; él está en otra parte.

Benvolio. Decidme seriamente, ¿quién es la persona a quien amáis?

Romeo. ¡Qué! ¿habré de llorar para decírtelo?

Benvolio. ¿Llorar? ¡Oh! no; pero decidme en seriedad quién es.

Romeo. Pide a un enfermo que haga gravemente su testamento. - ¡Ah! ¡Tan cruel decir a uno que se halla en tan cruel estado! Seriamente, primo, amo a una mujer.

Benvolio. Di exactamente en el punto cuando supuse que amabais.

Romeo. ¡Excelente tirador! -Y la que amo es hermosa.

Benvolio. A un hermoso, excelente blanco, bello primo, se alcanza más fácilmente.

Romeo. Bien, en este logro te equivocas: ella está fuera del alcance de las flechas de Cupido, tiene el espíritu de Diana y bien armada de una castidad a toda prueba, vive sin lesión del feble, infantil arco del amor. La que adoro no se deja importunar con amorosas propuestas, [no consiente el encuentro de provocantes miradas] ni abre su regazo al oro, seductor de los santos. ¡Oh! Ella es rica en belleza, pobre únicamente porque al morir mueren con ella sus encantos.

Benvolio. ¿Ha jurado, pues, permanecer virgen?

Romeo. Lo ha jurado y con esa reserva ocasiona un daño inmenso; pues, con sus rigores, matando dé inanición la belleza, priva de ésta a toda la posteridad. Bella y discreta a lo sumo, es a lo sumo discretamente bella para merecer el cielo, haciendo mi desesperación.

Ha jurado no amar nunca y este juramento da la muerte, manteniendo la vida, al mortal que te habla ahora.

Benvolio. Sigue mi consejo, deséchala de tu pensamiento.

Romeo. ¡Oh! Dime de qué modo puedo cesar de pensar.

Benvolio. Devolviendo la libertad a tus ojos, deteniéndolos en otras beldades.

Romeo. Ése sería el medio de que encomiara más sus gracias exquisitas. Esas dichosas máscaras que acarician las frentes de las bellas, aunque negras, nos traen a la mente la blancura que ocultan. El que de golpe ha cegado, no puede olvidar el inestimable tesoro de su ver perdido. Pon ante mí una mujer encantadora al extremo, ¿qué será su belleza sino una página en que podré leer el nombre de otra beldad más encantadora aún? Adiós, tú no puedes enseñarme a olvidar.

Benvolio. Yo adquiriré esa ciencia o moriré sin un ochavo.

(Vanse)

Escena II

[Una calle]
(Entran Capuleto, Paris y un Criado)

Capuleto. Y Montagüe está sujeto a lo mismo que yo, bajo pena igual; y no será difícil, en mi concepto, a dos personas de nuestros años el vivir en paz.

Paris. Ambos gozáis de una honrosa reputación y es cosa deplorable que hayáis vivido enemistados tan largo tiempo. Pero tratando de lo presente, señor, ¿qué respondéis a mi demanda?

Capuleto. Repetiré sólo lo que antes dije. Mi hija es aún extranjera en el mundo, todavía no ha pasado los catorce años; dejemos palidecer el orgullo de otros dos estíos antes de juzgarla a propósito para el matrimonio.

Paris. Algunas más jóvenes que ella son ya madres felices.

Capuleto. Y esas madres prematuras se marchitan demasiado pronto. La tierra ha engullido todas mis esperanzas, sólo me queda Julieta: ella es la afortunada heredera de mis bienes. Hacedla empero la corte, buen Paris, ganad su corazón, mi voluntad depende de la suya. Si ella asiente, en su asentimiento irán envueltas mi aprobación y sincera conformidad. Esta noche tengo una fiesta, de uso tradicional en mi familia, para la cual he invitado a infinitas personas de mi aprecio; aumentad el número, seréis un amigo más y perfectamente recibido en la reunión. Contad con ver esta noche en mi pobre morada terrestres estrellas que eclipsan la claridad de los cielos.

El placer que experimenta el ardoroso joven cuando abril, lleno de galas, avanza en pos del vacilante invierno, lo alcanzaréis esta noche en mi fiesta, al hallaros rodeado de esas frescas y tiernas vírgenes. Examinadlas todas, oídlas y dad la preferencia a la que tenga más mérito. Una de las que entre tantas veréis será mi hija, que aunque puede contarse entre ellas, no puede competir en estima.

(Le da un papel)

Vaya, seguidme. -Anda, muchacho, échate a andar por la bella Verona, da con las personas cuyos nombres se hallan inscritos en esa lista y diles que la casa y el dueño están dispuestos para obsequiarlos.

(Vanse Capuleto y Paris)

Criado. ¿Dar con las personas cuyos nombres se hallan inscritos aquí? Escrito está que el zapatero se sirva de su vara, el sastre de su horma, el pescador de su pincel y el pintor de sus redes; pero a mí se me envía en busca de las personas cuyos nombres se hallan escritos aquí , cuando yo no puedo hallar los nombres que aquí ha escrito el escritor. Tengo que dirigirme, a los que saben. A propósito.

(Entran Benvolio y Romeo)

Benvolio. ¡Bah! querido, un fuego sofoca a otro fuego, un dolor se aminora por la angustia de otro dolor: hazte mudable y busca remedio en la contraria mudanza; cura una desesperación con otra desesperación, haz que absorban tus ojos un nuevo veneno y el antiguo perderá su ponzoñosa acritud.

Romeo. La hoja de llantén es excelente para eso.

Benvolio. ¿Quieres decirme para qué?

Romeo. Para vuestra pierna rota.

Benvolio. ¡Qué, Romeo! ¿estás loco?

Romeo. No, pero más atado que un demente; sumido en prisión, privado de alimento, vapuleado y atormentado y... -Buenas tardes, amigo.

Criado. Dios os la dé buena. -Con perdón, señor, ¿sabéis leer?

Romeo. Sí, mi propia fortuna en mi desgracia.

Criado. Quizás lo habéis aprendido sin libro; mas decidme, ¿podéis leer todo lo que os viene a mano?

Romeo. Cierto; si conozco los caracteres y la lengua.

Criado. Habláis honradamente: que os dure el buen humor.

Romeo. Esperad, amigo; sé leer.

(Lee)

«El señor Martino, su esposa y sus hijas; el conde Anselmo y sus preciosas hermanas; la señora viuda de Vitrubio; el señor Placencio y sus amables sobrinas; Mercucio y su hermano Valentín; mi tío Capuleto, su mujer y sus hijas; mi bella sobrina Rosalina; Livia; el señor Valentio y su primo Tybal; Lucio y la despierta Elena.»

Bella asamblea;¿dónde deben reunirse?

Criado. Allá arriba.

Romeo. ¿Dónde?

Criado. Para cenar; en nuestra casa.

Romeo. ¿La casa de quién?

Criado. De mi amo.

Romeo. En verdad, debí haber comenzado por esa pregunta.

Criado. Voy a responderos ahora sin que preguntéis. Mi amo es el ricachón Capuleto y si no pertenecéis a la casa de Montagüe, id, os lo recomiendo, a apurar una copa de vino. Pasadlo bien.

(Vase)

Benvolio. En esa antigua fiesta de los Capuletos, en compañía de todas las admiradas bellezas de Verona, cenará la encantadora Rosalina, a quien tanto amas. Asiste al convite; con imparcial mirada compara su rostro con el de otras que te enseñaré y te haré ver que tu cisne es un cuervo.

Romeo. ¡Cuando la fervorosa religión de mis ojos apoye tal mentira que en llamas se truequen mis lágrimas! ¡Que estos diáfanos heréticos, que a menudo se anegan sin poder morir, se abrasen por impostores! ¡Una más bella que mi amada! El sol, que ve cuanto hay, nunca ha visto otra que se le parezca desde que el mundo es mundo.

Benvolio. ¡Callad! La habéis encontrado bella no teniendo otra al lado, su imagen con su imagen se equilibraba en vuestros ojos; pero en esas cristalinas balanzas contrapesad a vuestra adorada con alguna otra joven que os enseñaré brillando en la próxima fiesta y en mucho amenguará el parecido de esa que hoy se os muestra por encima de todas.

Romeo. Iré contigo, no para ver esa supuesta belleza, sino para gozar en el esplendor de la mía.

(Se marchan)

Escena III

[Un cuarto en la casa de Capuleto]
Entran Lady Capuleto y la Nodriza

Lady Capuleto. Nodriza, ¿dónde está mi hija? Decidle que venga aquí.

Nodriza. Sí, a fe de doncella -a los doce años. -Le he dicho que venga. -¡Eh! ¡Cordero mío! ¡Eh! ¡Tierna palomilla! -¡Dios me ampare! -¿Por dónde anda esta muchacha? ¡Eh, Julieta!

(Entra Julieta)

Julieta. ¿Qué hay, quién me llama?

Nodriza. Vuestra madre.

Julieta. Aquí me tenéis, señora. ¿Qué mandáis?

Lady Capuleto. Se trata de lo siguiente: -Nodriza, déjanos un momento, tenemos que hablar en privado. -Vuelve acá, nodriza, he cambiado de opinión; presenciarás nuestro coloquio. Ves que mi hija es de una bonita edad.

Nodriza. Ciertamente; puedo deciros su edad con diferencia de una hora.

Lady Capuleto. No ha cumplido catorce.

Nodriza. Apostaría catorce de mis dientes y, dicho sea con dolor, cuento sólo cuatro a que no tiene catorce. ¿Cuánto va de hoy al primero de agosto?

Lady Capuleto. Una quincena larga.

Nodriza. Larga o corta, el día primero de agosto, al caer la tarde, cumplirá catorce años. Susana y ella -Dios tenga en paz- las almas eran de una edad. Dios se ha llevado a Susana; era demasiado buena para mí. Como decía, pues, la tarde del primero de agosto, hacia el oscurecer, cumplirá Julieta catorce años; los cumplirá, no hay duda, lo recuerdo perfectamente. Once años se han pasado desde el temblor de tierra y ella estaba ya despechada. -Nunca lo olvidaré- de todos los del año es ese día. En el que digo, me había untado el pezón con ajenjo, hallábame sentada al sol contra el muro del palomar; mi señor y vos estabais a la sazón en Mantua: ¡Oh! tengo una memoria fiel!

-Sí, como os decía, cuando ella gustó el ajenjo en la extremidad del pecho y lo encontró amargo, fue de ver cómo la loquilla se enfurruñó y se malquistó con el seno. -A temblar -dijo en el acto el palomar-: Os juro que no hubo necesidad de decirme que huyera. Y hace de esto once años; pues ya podía ella tenerse sola; sí, por la cruz, podía andar deprisa y corretear tambaleándose por todas partes. Tan es así, que la víspera de ese día se rompió la frente. Al notarlo mi marido -¡Dios tenga su alma consigo!- era un jovial compañero; -La levantó diciéndola: «Sí, ¿te caes hacia adelante? cuando tengas más conocimiento darás de espalda. ¿No es cierto, Julia?» Y por la Virgen, la bribonzuela cesó de llorar y contestó: «Sí». ¡Ved, pues, cómo una chanza viene a ser verdad! Pongo mi cabeza que nunca lo olvidaría si viviese mil años. «¿No es cierto, Julia?» La dijo, y la locuela se apaciguó y contestó: «Sí».

Lady Capuleto. Basta de esto, por favor; cállate.

Nodriza. Sí, señora; y sin embargo, no puedo hacer otra cosa que reír cuando recuerdo que cesó de llorar y dijo: «Sí». Y eso, os lo aseguro, que tenía en la frente un bulto tan grande como el cascarón de un pollo; un golpe terrible; y que lloraba amargamente. «Sí -dijo mi marido-, ¿te caes hacia adelante? cuando seas más grande darás de espalda. ¿No es cierto, Julia?» Ella concluyó el llanto y contestó: «Sí».

Julieta. Concluye, concluye tú también, nodriza, te lo suplico.

Nodriza. Callo, he acabado. ¡La gracia de Dios te proteja! Eras la criatura más linda de cuantas crié: Si vivo lo bastante para verte un día casada, quedaré satisfecha.

Lady Capuleto. A punto; el matrimonio es precisamente el particular de que venía a tratar. Dime, Julieta, hija mía, ¿en qué disposición te sientes para el matrimonio?

Julieta. Es un honor en el que no he pensado.

Nodriza. ¡Un honor! Si no hubiera sido tu única nodriza diría que con el jugo de mi seno chupaste la inteligencia.

Lady Capuleto. Bien, piensa de presente en el matrimonio: muchas más jóvenes que tú, personas de gran estima en Verona, son madres ya: yo por mi cuenta lo era tuya antes de la edad que, aun soltera, tienes hoy. En dos palabras, por último, el valiente Paris te pretende.

Nodriza. ¡Es un hombre, señorita! Un hombre como en el mundo entero. -¡Oh! es un hombre hecho a molde.

Lady Capuleto. La primavera de Verona no presenta una flor parecida.

Nodriza. Sí, por mi vida, es una flor, una verdadera flor.

Lady Capuleto. ¿Qué decís? ¿Podréis amar a ese hidalgo? Esta noche le veréis en nuestra fiesta. Leed en la fisonomía del joven Paris, leed en ese libro y en él hallaréis retratado el placer con la pluma de la belleza. Examinad uno a uno los combinados lineamientos, veréis cómo se prestan mutuo encanto; y si algo de oscuro aparece en ese bello volumen, lo hallaréis escrito al margen de sus ojos. Este precioso libro de amor, este amante sin sujeciones, para realzarse, sólo necesita una cubierta.

El pez vive en el mar y es un grande orgullo para la belleza el dar asilo a la belleza. El libro que con broches de oro encierra la dorada Leyenda, gana esplendor a los ojos de muchos: poseyéndole, pues, participaréis de todo lo que es suyo, sin disminuir nada de lo que vuestro es.

Nodriza. ¡Disminuir! No, engrandecerá; de los hombres reciben incremento las mujeres.

Lady Capuleto. Sed breve, ¿aceptaréis el amor de Paris?

Julieta. Veré de amarle si para amar vale el ver; pero no dejaré tomar más vuelo a mi inclinación que el que le preste vuestra voluntad.

(Entra un criado)

Criado. Señora, los convidados están ya ahí, la cena se halla servida, se os espera, preguntan por la señorita, en la despensa echan votos contra el ama y todo se halla a punto. Tengo que irme a servir; os suplico que vengáis sin demora.

Lady Capuleto. Te seguimos. Julieta, el conde nos aguarda.

Nodriza. Id, niña; añadid dichosas noches a dichosos días.

(Vanse)

Escena IV

[Una calle]
(Entran Romeo, Mercurio, Benvolio, acompañados de cinco o seis
enmascarados, hacheros y otros)

Romeo. Y bien, ¿alegaremos eso como excusa, o entraremos sin presentar disculpa alguna?

Benvolio. Esas largas arengas no están ya en moda. No tendremos un Cupido de vendados ojos, llevando un arco a la tártara de pintada varilla que amedrente a las damas cual un espanta-cuervos; ni tampoco, al entrar, aprendidos prólogos, débilmente recitados con auxilio del apuntador. Que formen juicio de nosotros a la medida de su deseo; por nuestra parte, les mediremos algunos compases y tocaremos retirada.

Romeo. Dadme un hachón; no estoy para hacer piruetas. Pues que me hallo triste, llevaré la antorcha.

Mercucio. En verdad, querido Romeo, queremos que bailes.

Romeo. No bailaré, creedme: vosotros tenéis tan ligero el espíritu como el calzado: yo tengo una alma de plomo que me enclava en la tierra, no puedo moverme.

Mercucio. Amante sois; pedid prestadas las alas de Cupido y volad con ellas a extraordinarias regiones.

Romeo. Sus flechas me han herido muy profundamente para que yo me remonte, con sus alas ligeras, y puesto en tal barra, no puedo trasponer el límite de mi sombría tristeza. Me hundo bajo el agobiante peso del amor.

Mercucio. Y si os hundís en él, le abrumaréis; para el delicado niño sois un peso terrible.

Romeo. ¿El amor delicado niño? Es crudo, es áspero, indómito en demasía; punza como la espina.

Mercucio. Si con vos es crudo, sed crudo con él; devolvedle herida por herida y le venceréis. -Dadme una careta para ocultar el rostro. *[Enmascarándose]* ¡Sobre una máscara otra! ¿Qué me importa que la curiosa vista de cualquiera anote deformidades? Las pobladas cejas que hay aquí afrontarán el bochorno.

24

Benvolio. Vamos, llamemos y entremos y así que estemos dentro, que cada cual recurra a sus piernas.

Romeo. Un hachón para mí. Que los aturdidos, de corazón voluble, acaricien con sus pies los insensibles juncos; por lo que a mí toca, me ajusto a un refrán de nuestros abuelos. -Tendré la luz y miraré. -Nunca ha sido tan bella la fiesta, pero soy hombre perdido.

Mercucio. ¡Bah! De noche todos los gatos son pardos; era el dicho del Condestable: Si estás perdido, te sacaremos salvo respeto de la cava de este amor en que estás metido hasta los ojos. -Ea, venid, quemamos el día.

Romeo. No, no es así.

Mercucio. Quiero decir, señor, que demorando, nuestras luces se consumen, cual las que alumbran el día, sin provecho. Fijaos en nuestra buena intención; pues el juicio nuestro antes estará cinco veces al lado de ella que una al de nuestros cinco sentidos.

Romeo. Sí, buena es la intención que nos lleva a esta mascarada; pero no es prudente ir a ella.

Mercucio. ¿Se puede preguntar la razón?

Romeo. He tenido un sueño esta noche.

Mercucio. Y yo también.

Romeo. Vaya, ¿qué habéis soñado?

Mercucio. Que los que sueñan mienten a menudo.

Romeo. Cuando, dormidos en sus lechos, sueñan realidades.

Mercucio. ¡Oh! Veo por lo dicho que la reina Mab os ha visitado. Es la comadrona entre las hadas; y no mayor en su forma que el ágata que luce en el índice de un aderman, viene arrastrada por un tiro de pequeños átomos a discurrir por las narices de los dormidos mortales.

Los rayos de la rueda de su carro son hechos de largas patas de araña zancuda, el fuelle de alas de cigarra, el correaje de la más fina telaraña, las colleras de húmedos rayos de un claro de luna. Su látigo, formado de un hueso de grillo, tiene por mecha una película. Le sirve de conductor un diminuto cínife, vestido de gris, de menos bulto que la mitad de un pequeño, redondo arador, extraído con una aguja del perezoso dedo de una joven. Su vehículo es un cascaroncillo de avellana labrado por la carpinteadora ardilla, o el viejo gorgojo, inmemorial carruajista de las hadas. En semejante tren, galopa ella por las noches al través del cerebro de los amantes, que en el acto se entregan a sueños de amor; sobre las rodillas de los cortesanos, que al instante sueñan con reverencias; sobre los dedos de los abogados, que al punto sueñan con honorarios; sobre los labios de las damas, que con besos suenan sin demora: estos labios, empero, irritan a Mab con frecuencia, porque exhalan artificiales perfumes y los acribilla de ampollas.

A veces el hada se pasea por las narices de un palaciego, que al golpe olfatea en sueños un puesto elevado; a veces viene, con el rabo de un cochino de diezmo, a cosquillear la nariz de un dormido prebendado, que a soñar comienza con otra prebenda más; a veces pasa en su coche por el cuello de un soldado, que se pone a soñar con enemigos a quienes degüella, con brechas, con emboscadas, con hojas toledanas, con tragos de cinco brazas de cabida: Bate luego el tambor a sus oídos, despierta al sentirlo sobresaltado, y en su espanto, después de una o dos invocaciones, se da a dormir otra vez. Esta misma Mab es la que durante la noche entreteje la crin de los caballos y enreda en asquerosa plica las erizadas cerdas, que, llegadas a desenmarañar, presagian desgracia extrema. Ésta es la hechicera que visita en su lecho a las vírgenes, las somete a presión y, primera maestra, las habitúa a ser mujeres resistentes y sufridas. Ella, ella es la que...

Romeo. Basta, basta, Mercucio, basta; patraña es lo que hablas.

Mercucio. Tienes razón, hablo de sueños, hijos de un cerebro ocioso, sólo engendro de la vana fantasía; sustancia tan ligera como el aire y más mudable que el viento, que ora acaricia el helado seno del Norte, ora, irritado, vuelve la faz y sopla en dirección contraria hacia el vaporoso mediodía.

Benvolio. Ese viento de que hablas nos lleva a nosotros. Se ha acabado la cena y llegaremos demasiado tarde.

Romeo. Temo que demasiado temprano. Mi alma presiente que algún suceso, pendiente aún del sino, va a inaugurar cruelmente en esta fiesta nocturna su curso terrible y a concluir, por el golpe traidor de una muerte prematura, el plazo de esta vida odiosa que se encierra en mi pecho. El que gobierna, empero, mi destino, que arrumbe mi bajel. - Adelante, bravos amigos.

Benvolio. Batid, tambores.

(Vanse)

Escena V

[Salón de la casa de Capuleto]
(Músicos esperando. Entran Criados)

Criado primero. ¿Dónde está Potpan, que no ayuda a levantar los postres? ¡Andar él con un plato! ¡Él, raspar una mesa!

Criado segundo. Cuando el buen porte de una casa se confía exclusivamente a uno o dos hombres y éstos no son pulcros, es cosa que da asco.

Criado primero. Llévate los asientos, quita el aparador, ojo con la vajilla: -Buen muchacho, resérvame un pedazo de mazapán y, puesto que, me aprecias, di al portero que deje entrar a Susana Grindstone y a Nell. -¡Antonio! ¡Potpan!

28

(Entra otro Criado)

Criado Tercero. ¡Eh! aquí estoy, hombre.

Criado primero. Os necesitan, os llaman, preguntan por vosotros, se os busca en el gran salón.

Criado tercero. No podemos estar aquí y allá al propio tiempo. - Alegría, camaradas; haya un rato de holgura y que cargue con todo el que atrás venga.

(Se retiran al fondo de la escena. Entran Capuleto, seguido de Julieta y otros de la casa, mezclados con los convidados y los máscaras)

Capuleto. ¡Bienvenidos, señores! Las damas que libres de callos tengan los pies, os tomarán un rato por su cuenta. -¡Ah, ah, señoras mías! ¿Quién de todas vosotras se negará en este instante a bailar? La que se haga la desdeñosa, juraré que tiene callos. ¿Toco en lo sensible? -¡Bienvenidos, caballeros! [Tiempo recuerdo en que también me enmascaraba y en que podía cuchichear al oído de una bella dama esas historias que agradan. -Ya esa época pasó, ya pasó, ya pasó. -¡Salud, señores!

-Ea, músicos, tocad. ¡Abrid, abrid, haced espacio! Lanzaos en él, muchachas.

(Tocan los músicos y se baila)

Eh, tunantes, más luces; doblad esas hojas y apagad el fuego: la pieza se calienta demasiado. -Ah, querido, esta imprevista diversión viene oportunamente. Sí, sí, sentaos, sentaos, buen primo Capuleto; pues vos y yo hemos pasado nuestro tiempo de baile. ¿Cuánto hace de la última vez que nos enmascaramos?

Segundo capuleto. Por la Virgen, hace treinta arios.

Primer Capuleto. ¡Qué, hombre! No hace tanto, no hace tanto: fue en las bodas de Lucencio. Venga cuando quiera la fiesta de Pentecostés, el día que llegue hará sobre veinte y cinco años que nos disfrazamos.

Segundo capuleto. Hace más, hace más: Su hijo es más viejo, tiene treinta años.

Primer Capuleto. ¿Me decís eso a mí? Ahora dos era, él menor de edad.

Romeo. ¿Qué dama es ésa que honra la mano de aquel caballero?

Criado. No sé, señor.

—

29

Romeo. ¡Oh! Para brillar, las antorchas toman ejemplo de su belleza se destaca de la frente de la noche, cual el brillante de la negra oreja de un etiope. ¡Belleza demasiado valiosa para ser adquirida, demasiado exquisita para la tierra! Como blanca paloma en medio de una bandada de cuervos, así aparece esa joven entre sus compañeras. Cuando pare la orquesta estaré al tanto del asiento que toma y daré a mi ruda mano la dicha de tocar la suya. ¿Ha amado antes de ahora mi corazón? No, juradlo, ojos míos; pues nunca, hasta esta noche, vísteis la belleza verdadera.

Tybal. Éste, por la voz, debe ser un Montagüe. Muchacho, tráeme acá mi espada. ¡Cómo! ¿Osa el miserable venir a esta fiesta, cubierto con un grosero antifaz, para hacer mofa y escarnio en ella? Por la nobleza y renombre de mi estirpe no tomo a crimen el matarle.

Primer Capuleto. ¡Eh! ¿Qué hay, sobrino? ¿Por qué, estalláis así?

Tybal. Tío, ese hombre es un Montagüe, un enemigo nuestro, un vil que se ha entrometido esta noche aquí para escarnecer nuestra fiesta.

Primer Capuleto. ¿Es el joven Romeo?

Tybal. El mismo, ese miserable Romeo.

Primer Capuleto. Modérate, buen sobrino, déjale en paz; se conduce como un cortés hidalgo y, a decir verdad, Verona le pondera como un joven virtuoso y de excelente educación. Por todos los tesoros de esta ciudad no quisiera que aquí, en mi casa, se le infiriese insulto.

Cálmate pues, no hagas en él reparo, ésta es mi voluntad; si la respetas, muestra un semblante amigo, depón ese aire feroz, que sienta mal en una fiesta.

Tybal. Bien viene cuando un miserable semejante se tiene por huésped. No le aguantaré.

Primer Capuleto. Le aguantaréis, digo que sí. ¡Qué! ¡Señor chiquillo! Idos a pasear. ¿Quién de los dos manda aquí? Idos a pasear. ¿No le aguantaréis? Dios me perdone. ¡Queréis armar bullanga entre mis convidados! ¡Hacer de gallo en tonel! ¡Hacer el hombre!

Tybal. Pero, tío, es una vergüenza.

Primer Capuleto. A paseo, a paseo, sois un joven impertinente. - ¿Pensáis eso de veras? Tal despropósito podría saliros mal. Sé lo que digo. Tomar a empeño el contrariarme! Sí, a tiempo llega. [*A los que bailan*] Muy bien, queridos míos. -Andad, sois un presumido. Manteneos quieto, si no... -Más luces, más luces; ¡da vergüenza! -Os forzaré a estar tranquilo. ¡Vaya! Animación, queridos.

Tybal. La paciencia que me imponen y la porfiada cólera que siento, en su encontrada lucha, hacen temblar mi cuerpo. Me retiraré, pero esta intrusión que ahora grata parece, se trocará en hiel amarga.

(Vase)

Romeo. [*A Julieta*] Si mi indigna mano profana con su contacto este divino relicario, he aquí la dulce expiación: ruborosos peregrinos, mis labios se hallan prontos a borrar con un tierno beso la ruda impresión causada.

Julieta. Buen peregrino, sois harto injusto con vuestra mano, que en lo hecho muestra respetuosa devoción; pues las santas tienen manos que tocan las del piadoso viajero y esta unión de palma con palma constituye un palmario y sacrosanto beso.

Romeo. ¿No tienen labios las santas y los peregrinos también?

Julieta. Sí, peregrino, labios que deben consagrar a la oración.

Romeo. ¡Oh! Entonces, santa querida, permite que los labios hagan lo que las manos. Pues ruegan, otórgales gracia para que la fe no se trueque en desesperación.

Julieta. Las santas permanecen inmóviles cuando otorgan su merced.

Romeo. Pues no os mováis mientras recojo el fruto de mi oración. Por la intercesión de vuestros labios, así, se ha borrado el pecado de los míos [*Besándola*].

Julieta. Mis labios, en este caso, tienen el pecado que os quitaron.

Romeo. ¿Pecado de mis labios? ¡Oh, dulce reproche! Volvedme el pecado otra vez.

(La da un beso de nuevo)

Julieta. Sois docto en besar.

Nodriza. Señora, vuestra madre quiere deciros una palabra.

Romeo. ¿Cuál es su madre?

———

31

Nodriza. Sabedlo, joven, su madre es la dueña de la casa; una buena, discreta y virtuosa señora. Su hija, con quien hablabais, ha sido criada por mí y os aseguro que el que le ponga la mano encima, tendrá los talegos.

Romeo. ¿Es una Capuleto? ¡Oh, cara acreencia! Mi vida es propiedad de mi enemiga.

Benvolio. Vamos, salgamos; harta fiesta hemos tenido.

Romeo. Sí, tal temo yo; mi tormento está en su colmo.

Primer Capuleto. Eh, señores, no penséis en marcharos; va a servirse una humilde, ligera colación. -¿Estáis en iros aún? Bien, entonces doy gracias a todos: gracias, nobles hidalgos, buenas noches. -¡Más luces aquí! -Ea, vamos pues, a acostarnos. Ah, querido, [Al Segundo Capuleto] por mi honor, se hace tarde; voy a descansar.

(Vanse todos, menos Julieta y la Nodriza)

Julieta. Llégate acá, nodriza: ¿Quién es aquel caballero?

Nodriza. El hijo y heredero del viejo Tiberio.

Julieta.¿Quién, el que pasa ahora el dintel de la puerta?

Nodriza. Sí, ése es, me parece, el joven Petruchio.

Julieta. El que le sigue, que no quiso bailar, ¿quién es?

Nodriza. No sé.

Julieta. Anda, pregunta su nombre. -Si está casado, es probable que mi sepulcro sea mi lecho nupcial.

Nodriza. Se llama Romeo; es un Montagüe, el hijo único de vuestro gran enemigo.

Julieta. ¡Mi único amor emanación de mi único odio! ¡Demasiado pronto lo he visto sin conocerle y le he conocido demasiado tarde! Extraño destino de amor es, tener que amar a un detestado enemigo.

Nodriza. ¿Qué decís, qué decís?

Julieta. Un verso que ahora mismo me enseñó uno con quien bailé.

(Llaman desde dentro a Julieta)

Nodriza. Al instante, al instante. Venid, salgamos: los desconocidos... todos se han marchado.

(Vanse.)

32

Acto II

Prólogo

Entra El Coro

Coro.

Una antigua pasión yace ahora en su lecho de muerte y un joven afecto aspira a su herencia. La beldad por quien el amor gemía y anhelaba morir, comparada con la tierna Julieta, aparece sin encantos. Romeo ama al presente de nuevo y es correspondido: uno y otro amante se han hechizado igualmente con su mirar; pero él tiene que dolerse con su enemiga supuesta y ella que robar de un anzuelo peligroso el dulce cebo de la pasión.

Él, mirado como adversario, carecerá de entrada para pronunciar esos juramentos que acostumbran los apasionados; y ella, como él amorosa, tendrá muchos menos recursos para verse doquier con su bien querido. Pero la pasión les presta poder y la ocasión les ofrecerá los medios de acercarse, compensando sus angustias con dulzuras extremas.

(Sale)

Escena I

[Plaza abierta, contigua al jardín de capuleto]
Entra Romeo

Romeo. ¿Puedo alejarme, cuando mi corazón está aquí? Atrás, estúpida arcilla, busca tu centro.
[Escala el muro y salta al jardín]
(Entran Benvolio y Mercucio)
Benvolio. ¡Romeo! ¡Mi primo Romeo!
Mercucio. No es tonto: Por mi vida, se ha escabullido de su casa para buscar su lecho.
Benvolio. Se ha corrido por este lado y saltado el muro del jardín. Llámale, amigo Mercucio.
Mercucio. Haré más, voy a mezclar su nombre con sortilegios. - ¡Romeo! ¡Capricho, locura, pasión, amor! Aparece bajo la forma de un suspiro, recita un verso y me basta. Haz oír un solo -¡Ay!- Pon siquiera en rima, pasión y pichón: dirige a mi comadre Venus una dulce palabra, un apodo a su ciego hijo, a su heredero el tierno Adam Cupido, el que tan bien disparó cuando el rey Cophetua se enamoró de la joven mendiga. No oye, está sin acción, no se mueve. El pobrecillo está muerto y tengo a la fuerza que evocarle. -Yo te conjuro por los brillantes ojos de Rosalina, por su frente elevada, por sus purpúreos labios, por su lindo pie, su esbelta pierna, su regazo provocador, por cuanto más éste guarda, que te nos aparezcas en tu forma propia.
Benvolio. Si te oye, se enfadará.
Mercucio. Lo que digo no puede enfadarle. Enfado le causaría el que se hiciera surgir algún espíritu de extraña naturaleza en el círculo de su adorada y que allí se le mantuviera hasta que ella, por medio de exorcismos, le volviese a la profundidad. Esto sería una ofensa; pero mi invocación es razonable y honrosa: yo sólo conjuro en nombre de su dama o para que él mismo aparezca.
Benvolio. Ven, se ha hecho invisible entre esos árboles, para unificarse con la húmeda noche. Su amor es ciego y se halla más a gusto en las tinieblas.

Mercucio. Si el amor es ciego, no puede dar en el blanco. Nuestro hombre se sentará ahora al pie de algún níspero y deseará que su amada sea esa especie de fruta que llaman manzana las jóvenes, cuando a solas se ríen. ¡Romeo, buenas noches! -Voy en busca de mi colchón: esta cama de campaña es, para dormir, harto fría. Ea, ¿nos vamos?

Benvolio. Sí, marchémonos; pues es inútil buscar aquí al que no quiere ser hallado.

(Vanse)

Escena II

[Jardín de la casa de Capuleto]
Entra Romeo

Romeo. Se ríe de cicatrices el que jamás recibió una herida
(Aparece Julieta en la ventana)
¡Pero calla! ¿Qué luz brota de aquella ventana? ¡Es el Oriente, Julieta es el sol! Alza, bella lumbrera y mata a la envidiosa luna, ya enferma y pálida de dolor, porque tú, su sacerdotisa, la excedes mucho en belleza. No la sirvas, pues que está celosa. Su verde, descolorida librea de vestal, la cargan sólo los tontos; despójate de ella. Es mi diosa; ¡ah, es mi amor!

¡Oh! ¡Que no lo supiese ella! Algo dice, no, nada. ¡Qué importa! Su mirada habla, voy a contestarle. -Bien temerario soy, no es a mí a quien se dirige. Dos de las más brillantes estrellas del cielo, teniendo para algo que ausentarse, piden encarecidamente a sus ojos que rutilen en sus esferas hasta que ellas retornen. ¡Ah! ¿Si sus ojos se hallaran en el cielo y en su rostro las estrellas! El brillo de sus mejillas haría palidecer a éstas últimas, como la luz del sol a una lámpara. Sus ojos, desde la bóveda celeste, a través de las aéreas regiones, tal resplandor arrojarían, que los pájaros se pondrían a cantar, creyendo día la noche. ¡Ved cómo apoya la mejilla en la mano! ¡Oh! ¡Que no fuera yo un guante de esa mano, para poder tocar esa mejilla!

Julieta. ¡Ay de mí!

Romeo. ¡Habla! -¡Oh! ¡Prosigue hablando, ángel resplandeciente! Pues al alzar, para verte, la mirada, tan radiosa me apareces, como un celeste y alado mensajero a la atónita vista de los mortales, que, con ojos elevados al Cielo, se inclinan hacia atrás para contemplarme, cuando a trechos franquea el curso de las perezosas nubes y boga en el seno del ambiente.

Julieta. ¡Oh, Romeo, Romeo! ¿Por qué eres Romeo? Renuncia a tu padre, abjura tu nombre; o, si no quieres esto, jura solamente amarme y ceso de ser una Capuleto.

Romeo. [*Aparte*] ¿Debo oír más o contestar a lo dicho?

Julieta. Sólo tu nombre es mi enemigo. Tú eres tú propio, no un Montagüe pues. ¿Un Montagüe? ¿Qué es esto? Ni es piano, ni pie, ni brazo, ni rostro, ni otro algún varonil componente. ¡Oh! ¡Sé otro nombre cualquiera! ¿Qué hay en un nombre? Eso que llamamos rosa, lo mismo perfumaría con otra designación. Del mismo modo, Romeo, aunque no se llamase Romeo, conservaría, al perder este nombre, las caras perfecciones que tiene. Mi bien, abandona este nombre, que no forma parte de ti mismo y toma todo lo mío en cambio de él.

Romeo. Te cojo por la palabra. Llámame tan sólo tu amante y recibiré un segundo bautismo: De aquí en adelante no seré más Romeo.

Julieta. ¿Quién eres tú, que así, encubierto por la noche, de tal modo vienes a dar con mi secreto?

Romeo. No sé qué nombre darme para decirte quién soy. Mi nombre, santa querida, me es odioso, porque es un contrario tuyo. Si escrito lo tuviera, haría pedazos lo escrito.

Julieta. Mis oídos no han escuchado aún cien palabras pronunciadas por esta voz y, sin embargo, reconozco el metal de ella. ¿No eres tú Romeo? ¿Un Montagüe?

Romeo. Ni uno ni otro, santa encantadora, si ambos te son odiosos.

Julieta. ¿Cómo has entrado aquí? ¿Con qué objeto? Responde. Los muros del jardín son altos y difíciles de escalar: considera quién eres; este lugar es tu muerte si alguno de mis parientes te halla en él.

Romeo. Con las ligeras alas de Cupido he franqueado estos muros; pues las barreras de piedra no son capaces de detener al amor: Todo lo que éste puede hacer lo osa. Tus parientes, en tal virtud, no son obstáculo para mí.

Julieta. Si te encuentran acabarán contigo.

Romeo. ¡Ay! Tus ojos son para mí más peligrosos que veinte espadas suyas. Dulcifica sólo tu mirada y estoy a prueba de su encono.

Julieta. No quisiera, por cuanto hay, que ellos te vieran aquí.

Romeo. En mi favor esta el manto de la noche, que me sustrae de su vista; y con tal que me ames, poco me importa que me hallen en este sitio. Vale más que mi vida sea víctima de su odio que el que se retarde la muerte sin tu amor.

Julieta. ¿Quién te ha guiado para llegar hasta aquí?

Romeo. El amor, que a inquirir me impulsó el primero; él me prestó su inteligencia y yo le presté mis ojos. No entiendo de rumbos, pero, aunque estuvieses tan distante como esa extensa playa que baña el más remoto Océano, me aventuraría en pos de semejante joya.

Julieta. El velo de la noche se extiende sobre mi rostro, tú lo sabes; si así no fuera, el virginal pudor colorearía mis mejillas al recuerdo de lo que me has oído decir esta noche. Con el alma quisiera guardar aun las apariencias; ansiosa, ansiosa negar lo que he dicho; ¡pero fuera ceremonias! ¿Me amas tú? Sé que vas a responder -sí; y creeré en tu palabra. Mas no jures; podrías traicionar tu juramento: de los perjuros de los amantes, es voz que Júpiter se ríe.

¡Oh caro Romeo! Si me amas, decláralo lealmente; y si es que en tu sentir me he rendido con harta ligereza, pondré un rostro severo, mostrará crueldad y te diré no, para que me hagas la corte. En caso distinto, ni por el universo obraría así. Créeme, bello Montagüe, mi pasión es extrema y por esta razón te puedo aparecer de ligera conducta; pero fía en mí, hidalgo: más fiel me mostraré yo que esas que saben mejor afectar el disimulo. Yo hubiera sido más reservada, debo confesarlo, si tú no hubieras sorprendido, antes de que pudiera apercibirme, la apasionada confesión de mi amor. Perdóname, pues, y no imputes a ligereza de inclinación esta debilidad que así te ha descubierto la oscura noche.

Romeo. Señora, juro por esa luna sagrada, que platea sin distinción las copas de estos frutales.

Julieta. ¡Oh! No jures por la luna, por la inconstante luna, cuyo disco cambia cada mes, no sea que tu amor se vuelva tan variable.

Romeo. ¿Por qué debo jurar?

Julieta. No hagas juramento alguno; o si te empeñas, jura por ti, el gracioso ser, dios de mi idolatría, y te creeré.

Romeo. Si el caro amor de mi alma.

Julieta. Bien, no jures: aunque eres mi contento, no me contenta sellar el compromiso esta noche. Es muy precipitado, muy imprevisto, súbito en extremo; igual exactamente al relámpago, que antes de decirse: -brilla, desaparece. ¡Mi bien, buenas noches! Desenvuelto por el hálito de estío, este botón de amor, será quizás flor bella en nuestra próxima entrevista. ¡Adiós, adiós! ¡Que un reposo, una calma tan dulce cual la que reina en mi pecho se esparza en el tuyo!

Romeo. ¡Oh! ¿Quieres dejarme tan poco satisfecho?

Julieta. ¿Qué satisfacción puedes alcanzar esta noche?

Romeo. El mutuo cambio de nuestro fiel juramento de amor.

Julieta. ¿Mi amor? Te lo di antes de que lo hubieses pedido. Y sin embargo. quisiera que se pudiese dar otra vez.

Romeo. ¿Querrías privarme de él? ¿A qué fin, amor mío?

Julieta. Solamente para ser generosa y dártelo segunda ocasión. Mas deseo una dicha que ya tengo. Mi liberalidad es tan ilimitada como el mar; mi amor, inagotable como él; mientras más te doy, más me, queda; la una y el otro son infinitos.

(La Nodriza llama desde dentro)

Oigo ruido allá dentro. -¡Caro amor, adiós! -Al instante, buena nodriza. -Dulce Montagüe, sé fiel. Aguarda un minuto más, voy a volver.

(Se retira)

Romeo. ¡Oh, dichosa, dichosa noche! Como es de noche, tengo miedo que todo esto no sea sino un sueño, dulce, halagador a lo sumo para ser real.

(Vuelve Julieta a la ventana)

Julieta. Dos palabras, querido Romeo, y me despido de veras. Si las tendencias de tu amor son honradas, si el matrimonio es tu fin, hazme saber mañana por la persona que hará llegar hasta ti, en qué lugar y hora quieres realizar la ceremonia; e iré a poner mi todo a tus pies, a seguirte, dueño mío, por todo el universo.

Nodriza. [*Desde dentro*] ¡Señora!

Julieta. Voy al momento. -Pero si no es buena tu intención, te ruego...

Nodriza. [*Desde dentro*] ¡Señora!

Julieta. Al instante, allá voy: que ceses en tus instancias y me abandones a mi dolor. ¡Mañana enviaré!

Romeo. Por la salud de mi alma.

Julieta. ¡Mil veces feliz noche!

(Vase)

Romeo. Más que infeliz mil veces por faltarme tu luz. [*Retirándose pausadamente*] Como el escolar, lejos de sus libros, corre el amor hacia el amor; pero el amor del amor se aleja, como el niño que vuelve a la escuela, con semblante contrito.

(Reaparece Julieta en la ventana)

Julieta. ¡Chist! ¡Romeo, chist! -¡Oh! ¡Que no tenga yo la voz del halconero, para atraer aquí otra vez a ese dócil azor! La esclavitud tiene el habla tomada y no puede alzarla; de no ser así, volaría la caverna en que habita Eco y pondría su voz aérea más ronca que la mía haciéndole repetir el nombre de mi Romeo.

Romeo. Es mi alma la que llama por mi nombre. ¡Cuán dulces y argentinos son en medio de la noche los acentos de un amante, de qué música deliciosa llenan los oídos!

Julieta. ¡Romeo!

Romeo. ¿Mi bien?

Julieta. ¿A qué hora enviaré a encontrarte mañana?

Romeo. A las nueve.

Julieta. No caeré en falta. De aquí allá van veinte años. He olvidado para qué te llamé.

Romeo. Déjame permanecer aquí hasta que lo recuerdes.

Julieta. Lo olvidaré para tenerte ahí siempre, recordando cuánto me place tu presencia.

Romeo. Y yo de continuo estaré ante ti, para hacerte olvidar sin interrupción, olvidándome de todo otro hogar que éste.

Julieta. Casi es de día. Quisiera que te hubieses ido; pero no más lejos de lo poco que una niña traviesa deja volar al pajarillo que tiene en la mano; infeliz cautivo de trenzadas ligaduras, al que así atrae de nuevo, recogiendo de golpe su hilo de seda. ¡Tanto es su amor enemigo de la libertad del prisionero!

Romeo. Yo quisiera ser tu pajarillo.

Julieta. Yo también lo quisiera, dulce bien; pero te haría morir a fuerza de caricias. ¡Adiós! despedirse es un pesar tan dulce, que adiós, adiós, diría hasta que apareciese la aurora.

(Se retira)

Romeo. ¡Que el sueño se aposente en tus ojos y la paz en tu corazón! ¡Quisiera ser el sueño y la paz para tener tan dulce lecho! Me voy de aquí a la celda de mi padre espiritual, para implorar su asistencia y noticiarle mi dichosa fortuna.

Escena III

[Celda del hermano Lorenzo]
Entra Fray Lorenzo con una cesta

Fray Lorenzo. La mañana, de grises ojos, sonríe sobre la tenebrosa frente de la noche, incrustando de rayas luminosas las nubes del Oriente. Las lánguidas tinieblas, tambaleando como un ebrio, huyen de la ruta del día y de las inflamadas ruedas del carro de Titán. Antes, pues, que la roja faz del sol traspase el horizonte para vigorizar la luz y seque el húmedo rocío de la noche, fuerza es que llenemos esta cesta de mimbres de nocivas plantas y de flores de un jugo saludable. [La tierra es la madre y la tumba de la naturaleza; su antro sepulcral es su seno creador, del cual vemos surgir toda clase de engendros, que de ella, de sus maternales entrañas, se nutren, la mayor parte dotados de virtudes numerosas, todos con alguna particular, ninguno semejante a otro.] ¡Oh! ¡Grande es la eficaz acción que reside en las yerbas, las plantas y las piedras, en sus íntimas propiedades! Porque nada existe, tan despreciable en la tierra, que a la tierra no proporcione algún especial beneficio; nada tan bueno, que si es desviado de su uso legítimo, no degenere de su primitiva esencia y no se trueque en abuso. Mal aplicada, la propia virtud se torna en vicio y el vicio, a ocasiones, se ennoblece por el buen obrar. -En el tierno cáliz de esta flor pequeña tiene su albergue el veneno y su poder la medicina: si se la huele, estimula el olfato y los sentidos todos; si se la gusta, con los sentidos acaba, matando el corazón. Así, del propio modo que en las plantas, campean siempre en el pecho humano dos contrarios en lucha, la gracia y la voluntad rebelde, siendo pasto instantáneo del cáncer de la muerte la creación en que predomina el rival perverso.

(Entra Romeo)

Romeo. Buenos días, padre.

Fray Lorenzo. ¡Benedicite! ¿Qué voz matinal me saluda tan dulcemente? -Joven hijo mío, signo es de alguna mental inquietud el despedirte tan temprano del lecho. El cuidado establece su vigilancia en los ojos del anciano; y donde el cuidado se aloja, jamás viene a fijarse el sueño: por el contrario, allí, donde se extiende y reposa la juventud, exenta de físicos y morales padecimientos, el dorado sueño establece sus reales. Así, pues, tu madrugar me convence que alguna agitación de espíritu te ha puesto en pie; de no ser esto, doy ahora en lo veraz. - Nuestro Romeo no se ha acostado esta noche.

Romeo. Esa conclusión es la verdadera; pero ningún reposo ha sido más dulce que el mío.

Fray Lorenzo. ¡Perdone Dios el pecado! ¿Estuviste con Rosalina?

Romeo. ¿Con Rosalina? No, mi padre espiritual. He olvidado ese nombre y los pesares que trae consigo.

Fray lorenzo. ¡Buen hijo mío! Pero al fin, ¿dónde has estado?

Romeo. Voy a decírtelo antes que me lo preguntes de nuevo. En unión de mi enemiga, me la he pasado en un festejo, donde improvisamente me ha herido una a quien herí a mi vez. Nuestra común salud depende de tu socorro y de tu santa medicina. Viéndolo estás, pío varón, ningún odio alimento cuando al igual que por mí intercedo por mi contrario.

Fray Lorenzo. Sé claro, hijo mío; llano en tu verbosidad. Una confesión enigmática sólo alcanza una ambigua absolución.

Romeo. Sabe, pues, en dos palabras, que la encantadora hija del rico Capuleto es objeto de la profunda pasión de mi alma; que mi amor se ha fijado en ella como el suyo en mí y que, todo ajustado, resta sólo lo que debes ajustar por el santo matrimonio. Cuándo, dónde y cómo nos hemos visto, hablado de amor y trocado juramentos, te lo diré por el camino; lo único que demando es que consientas en casarnos hoy mismo.

Fray Lorenzo. ¡Bendito San Francisco! ¡Qué cambio éste! Rosalina, a quien tan tiernamente amabas, ¿abandonada tan pronto? El amor de los jóvenes no existe, pues, realmente en el corazón, sino en los ojos. ¡Jesús, María! ¡Cuántas lágrimas, por causa de Rosalina, han bañado tus pálidas mejillas! ¡Cuánto salino fluido prodigado inútilmente para sazonar un amor que no debe gustarse! El sol no ha borrado todavía tus suspiros de la bóveda celeste, tus eternos lamentos resuenan aún en mis caducos oídos.

El seco rastro de una lágrima, no llegada a enjugar, existe en tu mejilla, helo ahí. Si fuiste siempre tú mismo, si esos dolores eran los tuyos, tus dolores y tú a Rosalina sólo pertenecían. ¿Y te muestras cambiado? Pronuncia, pues, este fallo dable es flaquear a las mujeres, toda vez que no existe fortaleza en los hombres.

Romeo. Me has reprobado a menudo mi amor por Rosalina.

Fray Lorenzo. Tu idolatría, no tu amor, hijo mío.

Romeo. Me dijiste que le sepultara.

Fray Lorenzo. No que sepultaras uno para sacar otro a luz.

Romeo. No amonestes, te lo suplico: la que amo ahora me devuelve merced por merced, amor por amor; la otra no obraba de este modo.

Fray Lorenzo. ¡Oh! ¡Bien sabía ella que tu amor decoraba su lección sin conocer el silabario! Mas ven, joven inconstante, ven conmigo: una razón me determina a prestarte mi ayuda. Quizás esta alianza produzca la gran dicha de trocar en verdadera afección el odio de vuestras familias.

Romeo. ¡Oh! Partamos; me hallo en urgencia extrema.

Fray Lorenzo. Tiento y pausa. El que apresurado corre, da tropezones.

(Se marchan)

Escena IV

[Una calle]
Entran Benvolio y Mercurio

Mercucio. ¿Dónde diablos puede estar ese Romeo? ¿No ha entrado en su casa esta noche?

Benvolio. No ha estado en la de su padre; yo hablé con su criado.

Mercucio. ¡Ah! Esa criatura sin corazón, esa pálida Rosalina, le atormenta de tal modo, que, de seguro, perderá la razón.

Benvolio. Tybal, el sobrino del viejo Capuleto, ha enviado una carta a casa de su padre.

Mercucio. Un cartel de desafío, pongo mi vida.

Benvolio. Romeo contestará a él.

Mercucio. Todo el que sabe escribir puede, contestar una carta.

Benvolio. Cierto, responderá al autor de ella, desafío por desafío.

Mercucio. ¡Ay, pobre Romeo! Ya está muerto. Apuñaleado por los negros ojos de una blanca beldad, herido el oído con un canto de amor, ingerida en el mismo centro del corazón una saeta del pequeño y ciego arquero, ¿es hombre en situación de hacer frente a Tybal?

Benvolio. ¡Eh! ¿Quién es Tybal?

Mercucio. Más que un príncipe de gatos, os lo puedo afirmar. ¡Oh! Es el formidable campeón de la cortesía. Se bate como el que modula una canción musical: guarda el compás, la medida, el tono; os observa su pausa de mínima, una, dos, y la tercera en el pecho. Os horada maestramente un botón de seda: un duelista, un duelista, un caballero de la legítima, principal escuela, que en todo funda su honor. Sí, el sempiterno pase, la doble finta, el ¡aah!

Benvolio. ¿El qué?

Mercucio. ¡Al diablo esos fatuos ridículos, pretenciosos media lenguas, esos modernos acentuadores de palabras! -¡Por Jesús, una hoja de primera! ¡Una gran talla! ¡Una liebre exquisita! -Di, abuelo, ¿no es una cosa deplorable que de tal modo nos veamos afligidos por esos exóticos moscones, esos traficantes de modas nuevas, esos pardonnez-moi, tan aferrados a las formas del día, que no pueden sentarse a gusto en un viejo escabel? ¡Oh! ¡Sus bonjours, sus bonsoirs!

(Entra Romeo)

Benvolio. Ahí viene Romeo, ahí viene Romeo.

Mercucio. Enjuto, como un curado arenque. -¡Oh, carne, carne, en qué magrez te has convertido! -Vedlo; alimentándose está con las cadencias que fluían de la vena de Petrarca. Laura, en comparación de su dama, era sólo una fregona; sí, pero tenía más hábil trovador por apasionado, Dido, una moza inculta; Cleopatra, una gitana; Helena y Hero, mujeres de mal vivir, unas perdidas; Tisbe, unos azules ojos o cosa parecida, pero sin alma. -¡Señor Romeo, bon jour! Éste es un saludo francés a vuestros franceses pantalones. Anoche nos la pegasteis de lo lindo.

Romeo. Buenos días, señores. ¿Qué cosa os pegué?

Mercucio. La escapada, querido, la escapada; ¿no acabáis de comprender?

Romeo. Perdón, buen Mercucio, tenía mucho que hacer y, en un caso como el mío, es dable a un hombre quebrar cumplidos.

Mercucio. Esto equivale a decir que un caso como el vuestro fuerza a un hombre a quebrar las corvas.

Romeo. En el sentido de cortesía.

Mercucio. Con sumo favor la aplicaste.

Romeo. Manifestación cortés en extremo.

Mercucio. Sí, yo soy de la cortesía el punto supino.

Romeo. Punto por flor.

Mercucio. Exactamente.

Romeo. Pues entonces mis zapatos están bien floreados.

Mercucio. Deducción cabal: prosíguenos esta punta de agudeza hasta que hayas usado tus zapatos y, de este modo, cuando, por efecto del uso, no exista la suela, quizás quede la punta, que será sola en su especie.

Romeo. ¡Oh! ¡Fútil agudeza, singular únicamente por su propia singularidad!

Mercucio. Interponte entre nosotros, buen Benvolio; mi vena se agota.

Romeo. Vara y espuelas, vara y espuelas; o pediré que me apareen otro.

———

Mercucio. No, si tu ingenio empeña la caza del ganso silvestre, por perdido me doy; pues más de silvestre ganso tienes tú seguramente en un sólo sentido que yo en los cinco míos. ¿Hacía yo el ganso contigo?

Romeo. Jamás te has reunido conmigo para hacer de otra cosa que de ganso.

Mercucio. Voy a morderte en la oreja por ese chiste.

Romeo. No, buen ganso, no muerdas.

Mercucio. Tu gracejo es como una manzana agria; tiene un sabor muy picante.

Romeo. ¿Y no es sazón a propósito para una gansa dulce?

Mercucio. ¡Oh! He aquí un chiste de piel de cabra; elástico, en su ancho, desde una pulgada hasta cerca de una vara.

Romeo. Le doy todo el largo a esa voz ancho, que, añadida a ganso, te hace, a lo ancho y a lo largo, un ganso solemne.

Mercucio. Vaya, ¿no vale más esto que estar exhalando quejumbres de amor? Ahora eres sociable, ahora eres Romeo, ahora te muestras cual eres por índole y educación. Créeme, ese imbécil amor es un gran badulaque que, con la boca abierta, anda corriendo de un lado a otro para ocultar su pequeño maniquí en un agujero.

Benvolio. Detente ahí, detente ahí.

Mercucio. Quieres cortarme la palabra de un modo brusco.

Benvolio. De proseguir, hubieras eternizado tu historia.

Mercucio. ¡Oh! Te engañas, la hubieras acortado; pues había tratado la materia a fondo y no tenía ciertamente intención de prolongar el argumento.

Romeo. ¡He ahí un hermoso aparejo!

(Entran la Nodriza y Pedro)

Mercucio. ¡Una vela, una vela, una vela!

Benvolio. Dos, dos; un pantalón y una saya.

Nodriza. ¡Pedro!

Pedro. Mandad.

Nodriza. Mi abanico, Pedro.

Mercucio. Dáselo, por favor, buen Pedro, para que oculto la faz; de las dos, vale más la de su abanico.

Nodriza. Buenos días os dé Dios, señores.

47

Mercucio. Él os dé buenas tardes, gentil dama.

Nodriza. ¿Es ya tarde realmente?

Mercucio. Nada menos, os lo afirmo; la libre mano del cuadrante marca la puesta del sol.

Nodriza. ¡Quitad allá! ¿Qué hombre sois?

Romeo. Uno, señora, que Dios creó para echarse él mismo a perder.

Nodriza. Bien contestado, por vida mía. -¿No ha dicho para perderse él mismo? -Señores, ¿puede alguno de vosotros indicarme dónde es dable hallar al joven Romeo?

Romeo. Yo puedo informaros; pero el joven Romeo, hallado que sea, será más viejo de lo que era al tiempo de andar vos en su busca. Yo soy el más joven de ese nombre en defecto de otro peor.

Nodriza. Decís bien.

Mercucio. ¿Sí? ¿Lo peor bien? El bien tomar, a fe mía. Juiciosa, juiciosamente.

Nodriza. Si sois Romeo, señor, deseo conferenciar con vos.

Benvolio. Quiere invitarle a alguna cena.

Mercucio. ¡Una intrigante, una intrigante, una intrigante! ¡Hola! ¡Eh!

Romeo. ¿Qué has hallado?

Mercucio. Ninguna liebre, querido, si no es una liebre en un pastel de Cuaresma, rancio y mohoso antes de ser acabado.

[Cantando]
Liebre, aunque dura y picada,
Añeja liebre pasada,
En Cuaresma es de comer;
Pero una que el moho ostenta
Y de vejez pierde cuenta
No es plato para un doncel.
Romeo, ¿vendréis a casa de vuestro padre?
A la hora de comer estaremos allí.

Romeo. Iré a reunirme con vosotros.

Mercucio. Adiós, vieja dama; adiós, [*Cantando*] señora, señora, señora.

(Vanse Mercucio y Benvolio)

Nodriza. ¡Vaya, adiós! -¿Queréis decirme, señor, quién es ese mozo insolente, tan lleno de malicia?

Romeo. Un hidalgo, nodriza, que gusta escucharse a sí propio y que dice más en un minuto de lo que aguantaría oír en un mes.

Nodriza. Si osa decir algo en contra mía, doy con él en tierra, aunque sea más fornido de lo que aparenta; con él y veinte jaquetones de su ralea. Y si no puedo, encontraré quienes puedan. ¡Ruin tunante! No soy ninguno de sus gastados estuches, ninguna de sus compañeras de puñal. -Y tú también, ¿es justo que estés ahí y permitas que todo bellaco abuse de mí a su placer?

Pedro. A nadie he visto abusar de vos a su placer; si visto lo hubiera, mi tizona habría salido a relucir prontamente, os lo aseguro. Yo desenvaino con igual presteza que otro cuando veo la ocasión de una buena riña y el favor está de mi parte.

Nodriza. En este momento, Dios me es testigo, siento tal vejación, que todo el cuerpo me tiembla. ¡Ruin bellaco! -Permitidme una palabra, caballero. Como ya os dije, mi señorita me ha enviado a buscaros. -Lo que me ha prevenido hacer presente, lo guardaré para mí hasta tanto me digáis si tenéis la intención de conducirla al paraíso de los locos, como dice el vulgo. Éste sería un muy villano proceder, como el vulgo dice; pues la señorita es joven, y por lo tanto, si usarais de doblez con ella, sería en verdad una cosa indigna de ponerse en planta con una doncella noble, sería ejercitar una acción bien torpe.

Romeo. Nodriza, di bien de mí a tu señorita, a tu dueña. Te juro...

Nodriza. ¡Buen corazón! Sí, bajo mi palabra, la diré todo eso. Señor, señor, se va a llenar de júbilo.

Romeo. ¿Qué intentas decirla, nodriza? No me prestas atención.

Nodriza. La diré, señor... -que juráis; lo que, para mí, equivale a prometer como hidalgo.

Romeo. Dile que busque el medio de ir a confesión esta tarde; y que en el convento, en la celda de Fray Lorenzo, quedará confesa y casada. Toma por tu trabajo.

Nodriza. No, en verdad, señor; ni un ochavo.

Romeo. Vaya, digo que lo tomes.

Nodriza. ¿Esta tarde, señor? Corriente, allí estará.

Romeo. Y tú, buena nodriza, aguarda detrás del muro de la abadía: dentro de una hora mi criado irá a reunirse contigo y te llevará una escala de cuerda, cuyos cabos, en la misteriosa noche, me darán ascenso, al pináculo de mi felicidad. ¡Adiós! Sé fiel y recompensaré tus servicios. ¡Adiós! Ponme bien con tu señora.

Nodriza. ¡Que el Dios del cielo te bendiga! Una palabra, señor.

Romeo. ¿Qué dices, cara nodriza?

Nodriza. ¿Es discreto vuestro criado? ¿No habéis oído decir que, de dos personas, una sobra para guardar un secreto?

Romeo. Mi criado es tan fiel como el acero, yo te lo garantizo.

Nodriza. Bien, señor, mi ama es la mas dulce criatura. ¡Señor, señor! Aún era una pequeña habladora. ¡Oh! Hay en Verona un caballero, un tal Paris, que de buen grado la echaría el anzuelo; pero ella, la buena alma, gustara tanto de ver a un sapo, a un verdadero sapo, como de verle a él. Yo la desespero a ocasiones diciéndole que Paris es el galán más donoso; pero, creedme, cuando la digo esto se pone tan blanca como una cera. Romero y Romeo ¿no, comienzan los dos por la misma letra?

Romeo. Sí, nodriza, ¿a qué esto? ambos con una R.

Nodriza. ¡Ah, burlón! Ese es el nombre del perro. R es para el perro. No; sé que el principio es otra letra: de él, de vos y de Romero, ha formado ella la más linda composición; sí, bien os haría el oírla.

Romeo. Di bien de mí a tu señora.

(Se marcha)

Nodriza. Sí, mil y mil veces. -¡Pedro!

Pedro. ¡Presente!

Nodriza. Pedro, toma mi abanico y marcha delante.

(Vanse)

Escena V

[Jardín de Capuleto]
Entra julieta

Julieta. Las nueve daban cuando envié la nodriza: me había prometido estar de vuelta en media hora. Quizás no puede dar con él. ¡Oh! No es esto; es coja. Los mensajeros del amor debieran ser pensamientos; [ellos salvan el espacio con diez veces más rapidez que los rayos del sol cuando ahuyentan las sombras de las oscuras colinas. Por eso es que ligeras palomas tiran del carro del Amor, por eso Cupido, veloz como el aire, tiene alas. Ya el sol, en su curso de este día, ha llegado a su mayor altura y de las nueve a las doce se han pasado tres largas horas y ella no ha vuelto aún.

Si tuviera el corazón, la ardiente sangre de la juventud, rápida como un proyectil fuera en su marcha; una palabra mía la lanzaría al lado de mi dulce bien y otra de éste a mi lado. Pero la gente vieja la da por fingirse in extremis; lenta, inerte, pesada y con sombra de plomo. ¡Oh, Dios, ella es!

(Entran la Nodriza y Pedro)

Cara nodriza, ¿qué hay? ¿Le encontraste? Despide al criado.

Nodriza. Pedro, esperad en la puerta.

(Vase Pedro)

Julieta. Y bien, buena, querida nodriza. -¡Cielos! ¿por qué ese aire triste? Aunque sean malas las nuevas, comunícamelas alegremente: si son buenas, no rebajes su dulce cadencia exponiéndolas con tan hosco semblante.

Nodriza. Estoy fatigada, dejadme reposar un momento. ¡Ahí! ¡cuál me duelen los huesos! ¡Qué caminata he hecho!

Julieta. Quisiera que tuvieses mis huesos y tener yo tus noticias. Eh, vamos, habla, te lo suplico; habla, buena, bondadosa nodriza.

Nodriza. ¡Jesús! ¡Qué prisa! ¿No podéis aguardar un instante? ¿No veis que estoy sin aliento?

Julieta. ¿Cómo es que te falta, cuando lo tienes para decirme que estás sin él? Las razones que produces en este intervalo de tiempo son más largas que el relato que estás excusando. Tus noticias, ¿son buenas o malas? Responde a esto; di sí o no y aguardaré por los detalles. Sácame de ansiedad, ¿son buenas o malas?

Nodriza. Bien, habéis hecho una tonta elección; no sabéis escoger un hombre. ¡Romeo! No, él no. Aunque su rostro sea el del varón más bello, no hay pierna de varón como la suya; y por lo que hace a mano, pie y cuerpo -aunque no dignas de mencionarse, sobrepujan toda comparación. No es la flor de la cortesía- mas garantizo que es tan dulce como un cordero. -Sigue tu camino, criatura; sirve a Dios. ¡Qué! ¿Se ha comido ya en casa?

Julieta. No, no; pero ya sabía yo todo eso. ¿Qué dice él de nuestro matrimonio? ¿Qué es lo que dice?

Nodriza. ¡Cielos! ¡Que me duele la cabeza! ¡Qué cabeza tengo! Me late como si fuera a hacérseme astillas. La espalda por otro lado... ¡Oh! ¡La espalda, la espalda!... ¡Mal corazón tenéis en echarme así a buscar la muerte, correteando de arriba a bajo!

Julieta. En verdad, me aflige que no te sientas bien. Querida, querida nodriza, cuéntame, ¿qué dice mi amor?

Nodriza. Vuestro amor se explica como un honrado hidalgo, cortés, afable, gracioso y, respondo de ello, lleno de virtud. ¿Dónde está vuestra madre?

Julieta. ¿Dónde está mi madre? Y bien, está adentro. ¿Dónde habría de estar? ¡Qué extraña respuesta la tuya! Vuestro amor se explica como un honrado hidalgo. ¿Dónde está vuestra madre?

Nodriza. ¡Oh, Virgen María! ¿Tan en ascuas estáis? Sí, lo veo, la tomáis conmigo. ¿Es ése el fomento que aplicáis a mis doloridos huesos? De aquí en adelante, llevad vos misma vuestros mensajes.

Julieta. ¿Por qué tal baraúnda? Vamos, ¿qué dice Romeo?

Nodriza. ¿Habéis alcanzado permiso para ir hoy a confesaros?

Julieta. Sí.

Nodriza. Bien, id a la celda de Fray Lorenzo, donde un hombre aguarda para haceros su mujer. Sí, la bullidora sangre os sube a las mejillas. Cada cosa que diga va súbitamente a enrojecerlas. Corred a la iglesia; yo voy por otro lado en busca de una escala, por la cual vuestro amante, tan pronto como oscurezca subirá al nido de su tórtola. Yo soy la bestia de carga, la que se fatiga por vuestro placer; mas, a poco

—

tardar, esta noche, llevaréis vos el peso. En marcha, yo voy a comer; vos, deprisa a la celda.

Julieta. ¡Corramos a la dicha suprema! -Fiel nodriza, adiós.
(Vanse)

Escena VI

[*Celda de Fray Lorenzo*]
[*Entran Fray Lorenzo y Romeo*]

Fray Lorenzo. Que la sonrisa del cielo presida este pacto sacrosanto, para que la conciencia no nos reproche en las horas venideras.

Romeo. ¡Amén, amén! Que venga el pesar que quiera; nunca igualará a la suma de felicidad que brinda el contemplarla un breve instante. Enlaza tan sólo nuestras manos con la fórmula bendita y que la muerte, vampiro del amor, despliegue su osadía: me basta poder llamarla mía.

Fray Lorenzo. Esos violentos trasportes tienen violentos fines y en su triunfo mueren: son como el fuego y la pólvora que, al ponerse en contacto, se consumen. La más dulce miel, por su propia dulzura se hace empalagosa y embota la sensibilidad del paladar. Amad, pues, con moderación; el amor permanente es moderado. El que va demasiado aprisa, llega tan tarde como el que va muy despacio.

(Entra Julieta)

He ahí la dama. ¡Oh! Tan leve pie jamás gastará estas piedras inalterables. Bien puede un amante deslizarse sobre esos blancos copos que fluctúan a merced de la caprichosa aura de otoño y no dar en tierra sin embargo. ¡Tan ligera es la amorosa satisfacción!

Julieta. Mi reverendo confesor, buenas tardes.

Fray Lorenzo. Romeo, hija mía, te dará las gracias por los dos.

Julieta. A él saludo igualmente, para que sus gracias no excedan.

Romeo. ¡Ah, Julieta! Si es que, cual la mía, está colmada la medida de tu felicidad y, para pintarla, tienes más talento, perfuma, sí, con tu hálito, el aire que nos rodea y que la brillante armonía de tu voz desenvuelva los sueños de ventura que en esta tierna entrevista nos trasmitimos mutuamente.

Julieta. Los pensamientos, más ricos de fondo que de palabras, se pagan de su entidad, no de su ornato. Pobre es uno en tanto que puede contar su tesoro; pero el sincero amor mío ha llegado a tal punto, que a sumar no alcanzo la mitad de mi cabal fortuna.

Fray lorenzo. Venid, venid conmigo y será obra de un instante; pues, contando con vuestra dispensa, solos no quedaréis hasta que la Santa Iglesia os refunda en uno solo.

(Se marchan)

Acto III

Escena I

[*Una plaza pública*]
(Entran Mercurio, Benvolio, un paje y criados)

Benvolio. Por favor, amigo Mercucio, retirémonos. El día está caliente, los Capuletos en la calle, y si llegamos a encontrarnos, será inevitable una contienda; pues con los calores que hacen, bulle la irritada sangre.

Mercucio. Te pareces a esos hombres que al entrar en una taberna nos sueltan la tizona sobre la mesa, diciendo: ¡Dios haga que no te necesite!; y que, a efecto del segundo vaso, la tiran contra el sirviente, cuando, en verdad, no hay para qué.

Benvolio. ¿Me parezco a esa gente?

Mercucio. Vamos, vamos, tú, de natural, eres un pendenciero tan fogoso como no le hay en Italia; una nada te provoca a la cólera y, colérico, una nada te vuelve provocador.

Benvolio. ¿Y a qué viene eso?

Mercucio. Vaya, si hubiera dos de tu casta, en breve los echaríamos de menos; pues uno a otro se matarían. ¡Tú! Tú la emprenderías con un hombre por llevarte un pelo de más o de menos en la barba, le armarías contienda por estar partiendo avellanas, sin haber más razón que el ser de éstas el color de tus ojos. ¿Quién, sino un ente igual, se fijara en un pretexto semejante?

La cabeza se halla tan repleta de insultos, como lo está un huevo de sustancia; y eso que, a causa de riñas, está ya cascada, como un huevo vacío. ¿No has buscado disputa a un hombre porque tosiendo en la calle despertaba a tu perro, que dormía al sol? ¿No la emprendiste contra un sastre porque llevaba su casaca nueva antes de las fiestas de Pascuas, y con otro porque una cinta vieja ataba sus zapatos nuevos? Y sin embargo, en lo de evitar cuestiones, ¿quieres ser mi preceptor?

Benvolio. Si yo fuera tan dado a pelear como tú, el primer venido podría comprar las mansas redituaciones de mi vida por el precio de un cuarto de hora.

Mercucio. ¿Las mansas redituaciones? ¡Qué manso!

(Entran Tybal y otros)

Benvolio. ¡Por mi vida! Ahí llegan los Capuletos.

Mercucio. ¡Por mis pies! Poco me da.

Tybal. Seguidme de cerca, pues voy a hablarles. -Salud, caballeros; una palabra a uno de vosotros.

Mercucio. ¿Una palabra a uno de nosotros? ¿Eso tan sólo? Acompañadla de algo; palabra y golpe a la vez.

Tybal. Bien dispuesto me hallaréis para el caso, señor, si me dais pie.

Mercucio. ¿No podéis tomarlo sin que os lo den?

Tybal. Mercucio, tú estás de concierto con Romeo.

Mercucio. ¡De concierto! ¡Qué! ¿Nos tomas por corchetes? Si tales nos haces, entiende que sólo vas a oír disonancias. Mira mi arco, mira el que te va a hacer danzar. ¡De concierto, pardiez!

Benvolio. Estamos discutiendo aquí en medio de una plaza pública; retirémonos a algún punto reservado, o razonemos tranquilamente sobre nuestros agravios. De no ser así, dejemos esto; en este lugar todas las miradas se fijan en nosotros.

Mercucio. Los hombres tienen ojos para mirar; que nos miren pues. Yo, por mi parte, no me muevo de aquí por complacer a nadie.

(Entra Romeo)

Tybal. En buena hora, quedad en paz, caballero. He aquí a mi mozo.

Mercucio. Pues que me ahorquen, señor, si lleva vuestra librea. Marchad el primero a la liza, y a fe, él irá tras vos: en este sentido puede llamarle -mozo- vuestra señoría.

Tybal. Romeo, el odio que te profeso no me permite otro mejor cumplido que el presente. Eres un infame.

Romeo. Tybal, las razones que tengo para amarte disculpan en alto grado el furor que respira semejante saludo. No soy ningún infame: con Dios pues. Veo que no me conoces.

Tybal. Mancebo, esto no repara las injurias que me has inferido; por lo tanto, cara a mí y espada en mano.

Romeo. Protesto que jamás te he ofendido, sí que te estimo más de lo que te es dable imaginar, mientras desconozcas la causa de mi afección. Así, pues, bravo Capuleto, poseedor de un nombre que amo tan tiernamente como el mío date por satisfecho.

Mercucio. ¡Oh! ¡Calma deshonrosa, abominable humildad! A lo espadachín se borra esto.

(Desenvaina)

Tybal, cogedor de ratas, ¿quieres dar unas pasadas?

Tybal. ¿Qué quieres conmigo?

Mercucio. Buen rey de gatos, tan sólo una de tus nueve vidas, para envalentonarme con ella y después, según te las manejes conmigo, extinguir a cintarazos el resto de las ocho. ¿Queréis empuñar el acero y

---

sacarlo de la vaina? Despachad, o si no, antes que esté fuera, os andará el mío por las orejas.

Tybal. A vuestra disposición.

(desenvainando)

Romeo. Buen Mercucio, envaina la hoja.

Mercucio. Ea, señor, vuestra finta.

(Se baten)

Romeo. Tira la espada, Benvolio; desarmémosles. Por decoro, caballeros, evitad semejante tropelía. Tybal Mercurio, El príncipe ha prohibido expresamente semejante tumulto en las calles de Verona. Deteneos, Tybal; ¡Buen Mercucio!

(Tybal y los suyos desaparecen)

Mercucio. ¡Estoy herido! ¡Maldición sobre las dos casas! ¡Muerto soy! -¿Se ha marchado con el pellejo sano?

Romeo. ¡Qué! ¿Estás herido?

Mercucio. Sí, sí, un rasguño, un rasguño; de seguro, tengo bastante. ¿Dónde está mi paje? -Anda, belitre, trae un cirujano.

(Vasa el paje)

Romeo. Valor, amigo; la herida no puede ser grave.

Mercucio. No, no es tan profunda como un pozo, ni tan ancha como una puerta de iglesia; pero hay con ella, hará su efecto. Ven a verme mañana y me hallarás hombre-carga. Créemelo para este mundo, estoy en salsa. ¡Maldición sobre vuestras dos casas! ¡Pardiez, un perro, una rata, un ratón, un gato, rasguñar un hombre a muerte! ¡Un fanfarrón, un miserable, un bellaco que no pelea sino por reglas de aritmética! ¿Por qué diablos viniste a interponerte entre los dos? Por debajo de tu brazo me han herido.

Romeo. Creí obrar del mejor modo.

Mercucio. Ayúdame, Benvolio, a entrar en alguna casa, o voy a desmayarme. ¡Maldición sobre vuestras dos casas! Ellas me han convertido en pasto de gusanos. Lo tengo, y bien a fondo. ¡Vuestra parentela!

(Vanse Mercucio y Benvolio)

Romeo. Por causa mía, este hidalgo, el próximo deudo del príncipe, mi íntimo amigo, ha recibido esta herida mortal; mi honra está manchada por la detracción de Tybal, ¡de Tybal, que hace una hora ha emparentado conmigo! ¡Oh, querida Julieta! Tu belleza me ha convertido en un ser afeminado, ha enervado en mi pecho el vigoroso valor.

(Vuelve a entrar Benvolio)
Benvolio. ¡Oh! ¡Romeo, Romeo, el bravo Mercucio ha muerto! Esta alma generosa ha demasiado pronto desdeñado la tierra y volado a los cielos.

Romeo. El negro destino de este día a muchos más se extenderá: éste solo inaugura el dolor, otros le darán fin.

(Entra de nuevo Tybal)
Benvolio. Ahí vuelve otra vez el furioso Tybal.

Romeo. ¡Vivo! ¡Triunfante! ¡Y Mercucio matado! ¡Retorna a los cielos, prudente moderación, y tú, furor de sanguínea mirada, sé al presente mi guía! Ahora, Tybal, recoge para ti el epíteto de infame, que hace poco me diste. El alma de Mercucio se cierne a muy poca altura de nosotros, aguardando que la tuya le haga compañía. O tú o yo, o los dos juntos tenemos que ir en pos de ella.

Tybal. Tú, miserable mancebo, que eras de su partido en la tierra, irás a su lado.

Romeo. Esto lo va a decidir.

(Se baten. Cae Tybal)
Benvolio. ¡Huye, Romeo, ponte en salvo! El pueblo está en alarma, Tybal matado. Sal del estupor: el príncipe va a condenarte a muerte si te cogen. ¡Parte, huye, sálvate!

Romeo. ¡Oh! ¡Soy el juguete de la fortuna!

Benvolio. ¿Por qué estás aún ahí?

(Vase Romeo)
(Entran algunos Ciudadanos)
Primer Ciudadano. ¿Qué rumbo ha tomado el que mató a Mercucio? Tybal, ese asesino ¿por dónde ha huido?

Benvolio. Tybal, Tybal yace ahí.

Primer Ciudadano. Alzad, señor, seguidme; os requiero en nombre del príncipe; obedeced.

(Entran el Príncipe y su séquito, Montagüe, Capuleto, las esposas de estos últimos y otros)

Príncipe. ¿Dónde están los viles autores de esta contienda?

Benvolio. Noble príncipe, yo puedo relatar todos los desgraciados pormenores de esta fatal querella. Ese que veis ahí, muerto a manos del joven Romeo, fue el que mató al bravo Mercucio, tu pariente.

Lady Capuleto. ¡Tybal, mi primo! ¡El hijo de mi hermano! ¡Doloroso cuadro! ¡Ay! ¡La sangre de mi caro deudo derramada! Príncipe, si eres justo para con nuestra sangre, derrama la sangre de los Montagües. ¡Oh, primo, primo!

Príncipe. Benvolio, ¿quién dio principio a esta sangrienta querella?

Benvolio. El que muerto ves ahí, Tybal, acabado por la mano de Romeo. Romeo le habló con dulzura, le suplicó que pesase lo fútil de la cuestión, le hizo fuerza también con vuestro sumo coraje. Todo esto, dicho en tono suave, con mirada tranquila, en la humilde actitud de un suplicante, no consiguió aplacar la indómita saña de Tybal, que, sordo a la paz, asesta el agudo acero al pecho del bravo Mercucio: Éste, tan lleno como él de fuego, opone a la contraria su arma mortífera, y con un desdén marcial, ya aparta de sí la muerte con una mano, ya la envía con la otra a Tybal, cuya destreza la rechaza a su vez. Romeo grita con fuerza: ¡Deteneos, amigos! ¡Amigos, apartad! y con brazo ágil y más pronto que su palabra, dando en tierra con las puntas homicidas, se precipita entre los contendientes; pero una falsa estocada de Tybal se abre camino bajo el brazo de Romeo y acierta a herir mortalmente al intrépido Mercucio. El matador huye acto continuo; mas vuelve a poco en busca de Romeo, en quien acababa de nacer el afán de venganza, y uno y otro se embisten como un relámpago: tan es así, que antes de poder yo tirar mi espada para separarlos, el animoso Tybal estaba muerto. Al verle caer, su adversario escapó. Si ésta no es la verdad, que pierda la vida Benvolio.

Lady Capuleto. Es pariente de los Montagües, el cariño le convierte en impostor, no dice la verdad. Como veinte de ellos combatían en este odioso encuentro, y los veinte juntos no han podido matar sino un solo hombre. Yo imploro justicia, príncipe; tú nos la debes. Romeo ha matado a Tybal, Romeo debe perder la vida.

Príncipe. Romeo mató a Tybal, éste mató a Mercucio: ¿quién pagará ahora el precio de esta sangre preciosa?

Montagüe. No Romeo, príncipe; él era el amigo de Mercucio. Toda su culpa es haber terminado lo que hubiera extinguido el ejecutor: la vida de Tybal.

Príncipe. Y por esa culpa, le desterramos inmediatamente de Verona. Las consecuencias de vuestros odios me alcanzan; mi sangre corro por causa de vuestras feroces discordias; pero yo os impondré tan fuerte condenación que a todos os haré arrepentir de mis quebrantos. No daré oídos a defensas ni a disculpas; ni lágrimas, ni ruegos alcanzaran gracia; excusadlos pues. Que Romeo se apresure a salir de aquí, o la hora en que se le halle será su última. Llevaos ese cadáver y esperad mis órdenes. La clemencia que perdona al que mata, asesina.

(Vanse todos)

Escena II

[Un aposento en la casa de Capuleto]
(Entra Julieta)

Julieta. Galopad, galopad, corceles de flamígeros cascos hacia la mansión de Febo: un cochero tal como Faetón os lanzaría a latigazos en dirección al Poniente y traería inmediatamente la lóbrega noche. Extiende tu denso velo, noche protectora del amor, para que se cierren los errantes ojos y pueda Romeo, invisible, sin que su nombre se pronuncie, arrojarse en mis brazos. La luz de su propia belleza basta a los amantes para celebrar sus amorosos misterios; y, dado que el amor sea ciego, mejor se conviene con la noche.

Ven, noche majestuosa, matrona de simples y sólo negras vestiduras; enséñame a perder, ganándola, esta partida en que se empeñan dos virginidades sin tacha. Cubre con tu negro manto mis mejillas, do la inquieta sangre se revuelve, hasta que el tímido amor, ya adquirida confianza en los actos del amor verdadero, sólo vea pura castidad. ¡Ven, noche! ¡Ven, Romeo! Ven, tú, que eres el día en la noche; pues sobre las alas de ésta aparecerás más blanco que la nieve recién caída sobre las plumas de un cuervo. Ven, tú, la de negra frente, dulce, amorosa noche, dame a mi Romeo; y cuando muera, hazlo tuyo y compártelo en pequeñas estrellas: la faz del cielo será por él tan embellecida que el mundo entero se apasionará de la noche y no rendirá más culto al sol esplendente. ¡Oh! He comprado un albergue de amor, pero no he tomado posesión de él, y aunque tengo dueño, no me he entregado aún.

Tan insufrible es este día como la tarde, víspera de una fiesta, para el impaciente niño que tiene un vestido nuevo y no puede llevarlo. ¡Oh! ahí llega mi Nodriza. Ella me trae noticias: sí, toda boca que pronuncie el nombre de Romeo, sólo por ello, habla un estilo celeste.

(Entra la Nodriza, con una escala de cuerdas)

Y bien, Nodriza, ¿qué hay? ¿Qué tienes ahí? ¿La escala que te mandó traer Romeo?

Nodriza: Sí, sí, la escala.

(Arrojándola al suelo)

Julieta: ¡Cielos! ¿Qué pasa? ¿Por qué te tuerces las manos?

Nodriza. ¡Oh, infausto día! ¡Muerto, muerto, muerto! ¡Estamos perdidas, señora, estamos perdidas! ¡Día aciago! ¡Ya no existe, le han matado, está sin vida!

Julieta. ¿Cabe tal crueldad en el cielo?

Nodriza. Si no en el cielo, cabe en Romeo. ¡Oh! ¡Romeo, Romeo! ¿Quién lo hubiera pensado? ¡Romeo!

Julieta. ¿Qué demonio eres tú para atormentarme así? Semejantes lamentos son para aullarse en el horrible infierno. ¿Se ha suicidado Romeo? Responde únicamente sí, y este simple monosílabo envenenará más pronto que la mortífera mirada del basilisco. Cierra esos ojos que dicen sí, a pesar tuyo, o si el sí aparece en ellos, yo sucumbo. ¿Está muerto? Di sí. ¿No lo está? Di no. Breves sonidos determinen mi dicha o mi desgracia.

Nodriza. He visto la herida, la he visto con mis ojos. ¡Dios me perdone! Aquí, sobre su pecho varonil. Un lastimoso cadáver, un lastimoso, ensangrentado cadáver; pálido, pálido cual ceniza, todo impregnado de sangre, de cuajarones de sangre. Al verlo me desmayé.

Julieta. ¡Quiebra, oh corazón mío! ¡Pobre fallido, quiebra para siempre! ¡En prisión mis ojos! ¡No penséis más en ser libres! ¡Vil polvo, vuelve a la tierra; cesa al punto de moverte y en un mismo pesado ataúd comprímete con Romeo!

Nodriza. ¡Oh, Tybal, Tybal, mi mejor amigo! ¡Oh, cortés Tybal, leal hidalgo! ¡Que haya sobrevivido yo para verte muerto!

Julieta. ¿Qué tormenta es ésta que así sopla de dos bandas opuestas? ¿Asesinado Romeo y Tybal muerto? ¿Mi caro primo y mi esposo, más caro aún? ¡Que la terrible trompeta anuncie, pues, el juicio final! ¿Quién existe, si faltan esos dos hombres?

Nodriza. Tybal ha muerto y Romeo está desterrado. Romeo, matador de Tybal, está desterrado.

Julieta. ¡Oh, Dios! ¿La mano de Romeo ha vertido la sangre de Tybal?

Nodriza. Sí, sí; ¡día fatal!, sí.

Julieta. ¡Oh, alma de víbora, oculta bajo belleza en flor! ¿Qué dragón habitó nunca tan hermosa caverna? ¡Agradable tirano! ¡Angélico demonio! ¡Cuervo con plumas de paloma! ¡Cordero de lobuna saña! ¡Despreciable sustancia de la más divina forma! ¡Justo opuesto de lo que apareces con razón, condenado santo, honorífico traidor! ¡Oh, naturaleza! ¿Para qué reservabas el infierno cuando albergaste el espíritu de un demonio en el paraíso mortal de un cuerpo tan encantador? ¿Volumen contentivo de tan vil materia fue jamás tan bellamente encuadernado? ¡Oh! ¡Triste es que habite la impostura tan brillante palacio!

Nodriza. No hay sinceridad, ni fe, ni honor en los hombres; todos son falsos, perjuros, hipócritas. ¡Ah! ¿Dónde está mi paje? Dadme un elixir. Estos pesares, estas angustias, estas penas me envejecen. ¡Oprobio sobre Romeo!

Julieta. ¡Maldita sea tu lengua por semejante deseo! Él no ha nacido para la deshonra. La vergüenza se correría de aposentarse en su frente; pues es un trono donde puede coronarse el honor, único monarca del universo mundo. ¡Oh, qué inhumana he sido en calumniarle!

Nodriza. ¿Habláis bien del que ha matado a vuestro primo?

Julieta. ¿Debo hablar mal del que es mi esposo? ¡Ah! ¡Mi dueño infeliz! ¿Qué lengua hará bien a tu nombre, cuando yo, desposada hace tres horas contigo, le he desgarrado? -Mas ¿por qué, perverso, diste muerte a mi primo? Ese perverso primo hubiera matado a mi esposo. Dentro, lágrimas insensatas, volved a vuestra nativa fuente; a la aflicción pertenece el acuoso tributo que por error ofrecéis a la alegría.

Mi consorte, a quien Tybal quería matar, está vivo; y Tybal, que quería acabar con mi consorte, está muerto. Todo esto es consolante; ¿por qué lloro pues? Una palabra he oído más siniestra que la muerte de Tybal, ella me ha asesinado. Bien quisiera olvidarla; pero, ¡ah!, pesa sobre mi memoria, cual execrables faltas sobre las almas de los pecadores. ¡Tybal está muerto y Romeo desterrado! Este desterrado, esta sola palabra desterrado, ha matado diez mil Tybales. Harta desgracia era, sin necesidad de otras, la muerte de Tybal; y si es que los crueles dolores se recrean en juntarse, e indispensablemente deben marchar subseguidos de otras penas, ¿por qué después de haber dicho «Tybal ha muerto», no ha proseguido ella y tu padre, o y tu madre, o bien y tu padre y tu madre? Esto hubiera excitado en mí un ordinario dolor.

Pero, tras la muerte de Tybal, venir con el agregado Romeo está desterrado, decir esto, es matar, es hacer morir, de un golpe, padre, madre, primo, consorte y esposa. ¡Romeo desterrado! Ni fin, ni límite, ni medida, ni determinación tiene esta frase mortal; no hay ayes que den la profundidad de este dolor. ¿Dónde están mi padre y mi madre, nodriza?

Nodriza. Lloran y gimen sobre el cadáver de Tybal, ¿queréis ir donde están? Yo os conduciré.

Julieta. ¿Bañan con lágrimas las heridas de aquél? El destierro de Romeo hará correr las mías cuando estén secas las de ellos. Recoge esas cuerdas. Pobre escala, hete aquí engañada, lo mismo que yo; pues mi bien está desterrado. Al puente del amor anudó él tu extremidad; pero yo, aún virgen, virgen viuda moriré. Escala, nodriza, venid; voy a mi lecho nupcial. Que la muerte, en vez de Romeo, tome mi virginidad.

Nodriza. Id de seguida a vuestra alcoba: yo buscaré a Romeo, para consolaros; sé bien dónde está. Oíd, vuestro bien se hallará aquí esta noche; corro a encontrarle; oculto está en la celda de Fray Lorenzo.

Julieta. ¡Oh, vele! Entrégale este anillo y dile que venga a darme el último adiós.

(Vanse)

Escena III

[La celda de Fray Lorenzo]
(Entran Fray Lorenzo)

Fray Lorenzo. Adelante, Romeo; avanza, hombre tímido. La inquietud se ha adherido con pasión a tu ser y has tomado por esposa a la calamidad.

(Entra Romeo)

Romeo. ¿Qué hay de nuevo, padre mío? ¿Cuál es la resolución del príncipe? ¿Qué nuevo, desconocido infortunio anhela estrechar lazos conmigo?

Fray Lorenzo. Hijo amado, harto habituado estás a esta triste compañía. Voy a noticiarte el fallo del príncipe.

Romeo. ¿Cuál menos que un Juicio Final es su final sentencia?

Fray Lorenzo. Un fallo menos riguroso ha salido de sus labios; no el de muerte corporal, sí el destierro de la persona.

Romeo. ¡Ah! ¿El destierro? Ten piedad, di la muerte. La proscripción es de faz más terrible, mucho más terrible que la muerte: no pronuncies esa palabra.

Fray Lorenzo. De aquí, de Verona, estás desterrado. No te impacientes; pues el mundo es grande y extenso.

Romeo. Fuera del recinto de Verona, el mundo no existe; sólo el purgatorio, la tortura, el propio infierno. Desterrado de aquí, lo estoy de la tierra, y el destierro terrestre es la eternidad. [Sí, la proscripción es la muerte con un nombre supuesto:] llamar a ésta destierro, es cortarme la cabeza con un hacha de oro y sonreír al golpe que me asesina.

Fray Lorenzo. ¡Oh grave pecado! ¡Oh feroz ingratitud! Por tu falta pedían la muerte las leyes de Verona; pero el bondadoso príncipe, interesándose por ti, echa a un lado lo prescrito y cambia el funesto muerte en la palabra destierro: ésta es una insigne merced y tú no la reconoces.

Romeo. Es un suplicio, no una gracia. El paraíso está aquí, donde vive Julieta: los gatos, los perros, el menor ratoncillo, el más ruin insecto, habitando este edén, podrá contemplarla; pero Romeo no. Más importancia que él, más digna representación, más privanza, disfrutarán las moscas, huéspedes de la podredumbre. Ellas podrán tocar las blancas, las admirables manos de la amada Julieta y hurtar una celeste dicha de esos labios que, aun respirando pura y virginal modestia, se ruborizan de continuo, tomando a falta los besos que ellos mismos se

—

69

dan. ¡Ah! Romeo no lo puedo; está desterrado. Las moscas pueden tocar esa ventura, que a mí me toca huir. Ellas son entes libres, yo un ente proscripto.

¿Y dirás aún que no es la muerte el destierro? ¿No tenías, para matarme, alguna venenosa mistura, un puñal aguzado, un rápido medio de destrucción, siempre, en suma, menos vil que el destierro? ¡Desterrado! ¡Oh, padre! Los condenados pronuncian esa palabra en el infierno en medio de aullidos. ¿Cómo tienes el corazón, tú, un sacerdote, un santo confesor, uno que absuelve faltas y es mi patente amigo, de triturarme con esa voz desterrado?

Fray Lorenzo. ¡Eh! Amante insensato, escúchame solamente una palabra.

Romeo. ¡Oh! ¿Vas a hablarme aún de destierro?

Fray Lorenzo. Voy a darte una armadura para que esa voz no te ofenda. La filosofía, dulce bálsamo de la adversidad, que te consolará aun en medio de tu extrañamiento.

Romeo. ¿Extrañamiento otra vez? ¡En percha la filosofía! Si no puede crear una Julieta, trasponer una ciudad, revocar el fallo de un príncipe, para nada sirve; ningún poder tiene; no hables más de ella.

Fray Lorenzo. ¡Oh! Esto me prueba que los insensatos no tienen oídos.

Romeo. ¿Cómo habrían de tenerlos, cuando los cuerdos carecen de ojos?

Fray Lorenzo. Discutamos, si lo permites, sobre tu situación.

Romeo. Tú no puedes hablar de lo que no sientes. Si fueras tan joven como yo, el amante de Julieta, casado de hace una hora, el matador de Tybal; si estuvieses loco de amor como yo, y como yo desterrado, entonces podrías hacerlo, entonces, arrancarte los cabellos y arrojarte al suelo, como lo hago en este instante, para tomar la medida de una fosa que aún está por cavar.

(Tocan dentro)

Fray Lorenzo. Alza, alguien llama; ocúltate, buen Romeo.

Romeo. ¿Yo? No, a menos que el vapor de los penosos ayes del alma, en forma de niebla, no me guarezca de los ojos que me buscan.

(Dan golpes)

Fray Lorenzo. ¡Escucha cómo llaman! ¿Quién está ahí? Alza, Romeo, vas a ser preso. Aguardad un instante.

(Llaman de nuevo)

En pie, huye a mí gabinete. Ahora mismo. ¡Justo Dios! ¿Qué obstinación es ésta? Allá voy, allá voy.

(Continúan los golpes)

¿Quién llama tan recio? ¿De parte de quién venís? ¿Qué queréis?

Nodriza. [*Desde dentro*] Dejadme entrar y sabréis mi mensaje. La señora Julieta es quien me envía.

Fray Lorenzo. [*Abriendo*] Bien venida entonces.

(Entra la Nodriza)

Nodriza. ¡Oh! Bendito padre, ¡oh! decidme, bendito padre, ¿dónde está el marido de mi señora, dónde, está Romeo?

Fray Lorenzo. Helo ahí, en el suelo, ebrio de sus propias lágrimas.

Nodriza. ¡En igual estado que mi señora, en el mismo, sin diferencia!

Fray Lorenzo. ¡Oh! ¡Funesta simpatía, deplorable semejanza!

Nodriza. Así cabalmente yace ella, gimiendo y llorando, llorando y gimiendo. Arriba, arriba si sois hombre; alzad. En bien de Julieta, por su amor, en pie y firme. ¿Por qué caer en tan profundo abatimiento?

Romeo. ¡Nodriza!

Nodriza. ¡Ah, señor! ¡Señor! Sí, la muerte lo acaba todo.

Romeo. ¿Hablas de Julieta? ¿En qué estado se encuentra? Después que he manchado de sangre la infancia de nuestra dicha, de una sangre que tan de cerca participa de la suya, ¿no me juzga un consumado asesino? ¿Dónde está? ¿Cómo se halla? ¿Qué dice mi secreta esposa de nuestra amorosa miseria?

Nodriza. ¡Ah! Nada dice, señor, llora y llora, eso sí. Ya cae sobre su lecho, ya se levanta sobresaltada, llamando a Tybal, ¡Romeo!, grita enseguida; y enseguida cae en la cama otra vez.

Romeo. Cual si ese nombre fuese el disparo de un arma mortífera que la matase, como mató a su primo la maldita mano del que le lleva. ¡Oh! dime, religioso, dime en qué vil parte de este cuerpo reside mi nombre, dímelo, para que pueda arrasar la odiosa morada.

71

(Tirando de su espada)

Fray Lorenzo. Detén la airada mano. ¿Eres hombre? Tu figura lo pregona, mas tus lagrimas son de mujer y tus salvajes acciones manifiestan la ciega rabia de una fiera.

¡Bastarda hembra de varonil aspecto! ¡Deforme monstruo de doble semejanza! Me has dejado atónito. Por mí santa orden, creía mejor templada tu alma. ¡Has matado a Tybal! ¿Quieres ahora acabar con tu vida? ¿Dar también muerte a tu amada, que respira en tu aliento, haciéndote propia víctima de un odio maldito? ¿Por qué injurias a la naturaleza, al cielo y a la tierra? Naturaleza, tierra y cielo, los tres a un tiempo te dieron vida; y a un tiempo quieres renunciar a los tres. ¡Quita allá, quita allá! Haces injuria a tu presencia, a tu amor, a tu entendimiento: con dones de sobra, verdadero judío, no te sirves de ninguno para el fin, ciertamente provechoso, que habría de dar realce a tu exterior, a tus sentimientos, a tu inteligencia. Tu noble configuración es tan sólo un cuño de cera, desprovisto de viril energía; tu caro juramento de amor, un negro perjurio únicamente, que mata la fidelidad que hiciste voto de mantener; tu inteligencia, este ornato de la belleza y del amor, contrariedad al servirles de guía, prende fuego por tu misma torpeza, como la pólvora en el frasco de un soldado novel, y te hace pedazos en vez de ser tu defensa.

¡Vamos, hombre, levántate! Tu Julieta vive, tu Julieta, por cuyo caro amor yacías inanimado hace poco. Esto es una dicha. Tybal quería darte la muerte y tú se la has dado a él; en esto eres también dichoso. La ley, que te amenaza con pena capital, vuelta tu amiga, ha cambiado aquélla en destierro: otra dicha tienes aquí. Un mar de bendiciones llueve sobre tu cabeza, la felicidad, luciendo sus mejores galas, te acaricia; pero tú, como una joven obstinada y perversa, te muestras enfadada con tu fortuna y con tu amor. Ten cuidado, ten cuidado; pues las que son así, mueren miserables. Ea, ve a reunirte con tu amante, según lo convenido:

sube a su aposento, ve a darle consuelo. Eso sí, sal antes que sea de día, pues ya claro, no podrás trasladarte a Mantua, donde debes permanecer hasta que podamos hallar la ocasión de publicar tu matrimonio, reconciliar a tus deudos, alcanzar el perdón del príncipe y hacerte volver con cien mil veces más dicha que lamentos das al partir. Adelántate, nodriza: saluda en mi nombre a tu señora, dile que precise a los del castillo, ya por los crueles pesares dispuestos al descanso, a que se recojan. Romeo va de seguida.

Nodriza. ¡Oh Dios! Me habría quedado aquí toda la noche para oír saludables consejos. ¡Ah, lo que es la ciencia! -Digno hidalgo, voy a anunciar a la señora vuestra visita.

Romeo. Sí, y di a mi bien que se prepare a reñirme.

Nodriza. Tomad, señor, este anillo que me encargó entregaros. Daos prisa, no tardéis; pues se hace muy tarde.

(Vase la Nodriza)

Romeo. ¡Cuánto este don reanima mi espíritu!

Fray Lorenzo. ¡Partid; feliz noche! Dejad a Verona antes que sea de día, o al romper el alba salid disfrazado. Toda vuestra fortuna depende de esto. Permaneced en Mantua; yo me veré con vuestro criado, quien de tiempo en tiempo os comunicará todo lo que aquí ocurra de favorable para vos. Venga la mano; es tarde. ¡Adiós, feliz noche!

Romeo. Si una alegría superior a toda alegría no me llamara a otra parte, sería para mí un gran pesar separarme de ti tan pronto. Adiós.

(Vase)

73

Escena IV

[Un aposento en la casa de Capuleto]
Entran Capuleto, la señora Capuleto y Paris

Capuleto. Han acontecido, señor, tan desgraciados sucesos que no hemos tenido tiempo de prevenir a nuestra hija. Considerad, ella profesaba un tierno afecto a su primo Tybal, y yo también. Sí, helaos nacido para morir. Es muy tarde; ella no bajará esta noche. Os respondo que a no ser por vuestra compañía ya estaría en la cama hace una hora.

Paris. Tan turbio tiempo no presta tiempo al amor. Buenas noches, señora, saludad en mi nombre a vuestra hija.

Lady Capuleto. Con placer, y mañana temprano sabré lo que piensa. El pesar la tiene encerrada esta noche.

Capuleto. Señor Paris, me atrevo a responderos del amor de mi hija. Pienso que en todos conceptos se dejará guiar por mí; digo más, no lo dudo. Esposa, pasad a verla antes de ir a recogeros; instruidla sin demora del amor de mi hijo Paris; y prevenidla, escuchadme bien, que el miércoles próximo. Mas poco a poco; ¿qué día es hoy?

Paris. Lunes, señor.

Capuleto. ¿Lunes? ¡Ah! ¡Ah! Sí, el miércoles es demasiado pronto: que sea el jueves. Decidle que el jueves se casará con este noble conde. ¿Estaréis dispuesto? ¿Os place esta precipitación? No haremos gran ruido.

Un amigo o dos; pues, parad la atención: hallándose tan reciente el asesinato de Tybal, podría pensarse que nos era indiferente como deudo, si nos diésemos a grande algazara. En tal virtud, tendremos una docena de amigos, y punto final. Pero, ¿qué decís del jueves?

Paris. Señor, quisiera que el jueves fuese mañana.

Capuleto. Vaya, retiraos. Queda pues aplazado para el jueves. Vos, señora, id a ver a Julieta antes de recogeros, preparadla para el día del desposorio. Adiós, señor. ¡Hola! ¡Luz en mi aposento! Id delante. Es tan excesivamente tarde que dentro de nada diremos que es temprano. Buenas noches.

(Vanse)

———

Escena V

[Alcoba de Julieta]
Entran ésta y Romeo

Julieta. ¿Quieres dejarme ya? Aún dista el amanecer: fue la voz del ruiseñor y no la de la alondra la que penetró en tu alarmado oído. Todas las noches canta sobre aquel granado. Créeme, amor mio, fue el ruiseñor.

Romeo. Era la alondra, la anunciadora del día, no el ruiseñor. Mira, mi bien, esos celosos resplandores que orlan, allá en el Oriente, las nubes crepusculares: las antorchas de la noche se han extinguido y el riente día trepa a la cima de las brumosas montañas. Tengo que partir y conservar la vida, o quedarme y perecer.

Julieta. Esa luz no es la luz del día, estoy segura, lo estoy: es algún meteoro que exhala el sol, para que te sirva de hachero esta noche y te alumbre en tu ruta hacia Mantua. Demórate, así, algo más; no tienes precisión de marcharte.

Romeo. Que me sorprendan, que me maten, satisfecho estoy con tal que tú lo quieras. No, ese gris resplandor no es el resplandor matutino, es sólo el pálido reflejo de la frente de Cintia; no, no es la alondra la que hiere con sus notas la bóveda celeste a tan inmensa altura de nosotros. Más tengo inclinación de quedarme que voluntad de irme. Ven, muerte; ¡bienvenida seas! Así lo quiere Julieta. ¿Qué dices, alma mía? Platiquemos; la aurora no ha lucido.

Julieta. Sí, sí, parte, huye, vete de aquí. Es la alondra la que así desafina, lanzando broncas discordancias, desagradables sostenidos. Propalan que la alondra produce melodiosos apartes; no es así, pues que deshace el nuestro. La alondra se dice que ha cambiado de ojos con el repugnante sapo: ¡oh! quisiera en este momento que hubieran también cambiado de voz; pues que esta voz, atemorizados, nos arranca de los brazos al uno del otro y te arroja de aquí con sones que despiertan al día. ¡Oh! Parte desde luego; la claridad aumenta más y más.

Romeo. ¿Más y más claridad? Más y más negro es nuestro infortunio.

—

76

(Entra la Nodriza)

Nodriza. ¡Señora!

Julieta. ¿Nodriza?

Nodriza. La señora condesa se dirige a vuestro aposento: es de día, estad sobre aviso, ojo alerta.

(Vase la Nodriza)

Julieta. En tal caso, ¡oh ventana!, deja entrar el día y salir mi vida.

Romeo. ¡Adiós, adiós! Un beso, y voy a bajar.

(Empieza a bajar)

Julieta. ¡Amigo, señor, dueño mío! ¿así me dejas? Necesito nuevas tuyas a cada instante del día, pues que muchos días hay en cada minuto. ¡Oh! Por esta cuenta, muchos años pesarán sobre mí cuando vuelva a ver a mi Romeo.

Romeo. Adiós; en cuantas ocasiones haya, amada mía, te enviaré mis recuerdos.

Julieta. ¡Oh! ¿Crees tú que aún nos volveremos a ver?

Romeo. No lo dudo; y todos estos dolores harán el dulce entretenimiento de nuestros venideros días.

Julieta. ¡Dios mío! Tengo en el alma un fatal presentimiento. Ahora, que abajo estás, me parece que te veo como un muerto en el fondo de una tumba. O mis ojos se engañan, o pálido apareces.

Romeo. Pues créeme, mi amor, de igual suerte te ven los míos. El dolor penetrante deseca nuestra sangre. ¡Adiós! ¡Adiós!

(Desaparece Romeo)

Julieta. ¡Oh fortuna! ¡Fortuna! La humanidad te acusa de inconstante. Si inconstante eres, ¿qué tienes que hacer con Romeo, cuya lealtad es notoria? Sé inconstante, fortuna; pues que así alimentaré la esperanza de que no le retendrás largo tiempo, volviéndole a mi lado.

Lady Capuleto. [*Desde dentro*] ¡Eh! ¡Hija mía! ¿Estás levantada?

Julieta. ¿Quién llama? ¿Acaso, la condesa mi madre? ¿Es que tan tarde no se ha acostado aún, o que se halla en pie tan de mañana? ¿Qué extraordinario motivo la trae aquí?

(Entra Lady Capuleto)

Lady Capuleto. ¡Eh! ¿Qué tal va, Julieta?

Julieta. No estoy bien, señora.

—

Lady Capuleto. ¿Siempre llorando la muerte de vuestro primo? ¡Qué! ¿Pretendes quitarle el polvo de la tumba con tus lágrimas? Aunque lo alcanzaras, no podrías retornarle la vida. Basta pues; un dolor moderado prueba gran sentimiento; un dolor excesivo, al contrario, anuncia siempre cierta falta de juicio.

Julieta. Dejadme llorar aún una pérdida tan sensible.

Lady Capuleto. Haciéndolo, sentirás la pérdida, sin sentir a tu lado al amigo por quien lloras.

Julieta. Sintiendo de tal suerte la pérdida, tengo a la fuerza que llorarle siempre.

Lady capuleto. Vaya, hija, lloras, no tanto por su muerte, como por sabor que vive el miserable que le mató.

Julieta. ¿Qué miserable, señora?

Lady Capuleto. Ese miserable Romeo.

Julieta. Entre un miserable y él hay muchas millas de distancia. ¡Perdónele Dios! Yo le perdono con toda mi alma y, sin embargo, ningún hombre aflige tanto como él mi corazón.

Lady Capuleto. Sí, porque vive el traidor asesino.

Julieta. Cierto, señora, lejos del alcance de mis brazos. ¡Que no fuera yo sola la encargada de vengar la muerte de mi primo!

Lady Capuleto. Alcanzaremos venganza de ella, pierde cuidado: así, no llores más. Avisaré en Mantua, donde vive ese vagabundo desterrado a cierta persona que le brindará una eficaz poción, con la que irá pronto a hacer compañía a Tybal, y entonces, me prometo que estarás satisfecha.

Julieta. Sí, jamás me hallaré satisfecha mientras no vea a Romeo muerto está realmente mi pobre corazón por el daño de un pariente. Señora, si pudieseis hallar un hombre, tan sólo para llevar el veneno, yo lo prepararía de modo que, tomándolo Romeo, durmiera en paz sin retardo. ¡Oh! ¡Cuánto repugna a mi corazón el oírle nombrar y no poder ir hacia él! ¡Y no vengar el afecto que profesaba a mi primo sobre la persona del que lo ha matado!

Lady Capuleto. Halla tú los medios, y yo encontraré el hombre. Ahora, hija mía, voy a participarte alegres noticias.

—

78

Julieta. Sí, en tan preciso tiempo, la alegría viene a propósito. Por favor, señora madre, ¿qué nuevas son ésas?

Lady Capuleto. Vaya, hija, vaya, tienes un padre cuidadoso, un padre que, para libertarte de tu tristeza, ha preparado un pronto día de regocijo, que ni sueñas tú ni me esperaba yo.

Julieta. Sea en buena hora, ¿qué día es ése, señora?

Lady Capuleto. Positivamente, hija mía, el jueves próximo, bien de mañana, el ilustre, guapo y joven hidalgo, el conde Paris, en la iglesia de San Pedro, tendrá la dicha de hacerte ante el altar una esposa feliz.

Julieta. ¡Ah! Por la iglesia de San Pedro y por San Pedro mismo, no hará de mí ante el altar una feliz esposa. Me admira tal precipitación; el que tenga que casarme antes que el hombre que debe ser mi marido me haya hecho la corte. Os ruego, señora, digáis a mi señor y padre que no quiero desposarme aún, y que, cuando lo haga, juro efectuarlo con Romeo, a quien sabéis que odio, más bien que con Paris. Éstas son nuevas realmente.

Lady Capuleto. Ahí viene vuestro padre, decidle eso vos misma y ved cómo lo recibe de vuestra boca.

(Entran Capuleto y la Nodriza)

Capuleto. Cuando el sol se pone, el aire gotea rocío; mas por la desaparición del hijo de mi hermano llueve en toda forma. ¿Cómo, cómo, niña, una gotera tú? ¿Siempre llorando? ¡Tú un chaparrón eterno! De tu pequeño cuerpo haces a la vez un océano, una barca, un aquilón; pues tus ojos, que mantienen un continuo flujo y reflujo de lágrimas, son para mí como el mar, tu cuerpo es la barca que boga en esas ondas saladas, el aquilón tus suspiros que, luchando en mutua furia con tus lágrimas, harán, si una calma súbita no sobreviene, zozobrar tu cuerpo, batido por la tempestad. ¿Qué tal, esposa? ¿Le habéis significado nuestra determinación?

Lady Capuleto. Sí, pero ella no quiere, ella os da las gracias, señor. ¡Deseara que la loca estuviese desposada con su tumba!

Capuleto. Poco a poco, entérame, mujer, entérame. ¡Cómo! ¿no quiere, no nos da las gracias? ¿No está orgullosa, no se estima feliz de que hayamos hecho que un tan digno hidalgo, no valiendo ella nada, se brinde esposo suyo?

79

Julieta. No orgullosa de lo alcanzado, sí agradecida a vuestro esfuerzo. Jamás puedo estar orgullosa de lo que detesto; mas sí obligada a lo mismo que odio cuando es indicio de amor.

Capuleto. ¡Cómo, cómo! ¡Cómo, cómo! ¡Respondona! ¿Qué significa eso? Orgullosa y agradecida desobligada y sin embargo, no orgullosa. Oíd, señorita remilgada: no me vengáis con afables agradecimientos, con hinchazones de orgullo; antes bien, aprestad vuestras finas piernas para ir el jueves próximo a la iglesia de San Pedro, en compañía de Paris, o te arrastraré hacia allí sobre un zarzo. ¡Fuera de aquí clorótica materia! ¡Fuera, miserable! ¡Cara de sebo!

Lady Capuleto. ¡Vaya, anda, anda! ¿Estás sin sentido?

Julieta. Querido padre, os pido de rodillas que me oigáis, con calma, producir sólo una frase.

Capuleto. ¡Llévete el verdugo, joven casquivana, refractaria criatura! Te lo repito: o ve a la iglesia el jueves, o nunca vuelvas a presentarme la cara. Ni una palabra, ni una réplica, muda la boca; tienen mis dedos tentación.

-Señora, creíamos pobremente bendecido nuestro enlace porque Dios nos había dado tan sólo esta única hija; pero veo ahora que ésa una está de sobra y que hemos tenido en ella una maldición. ¡Desaparezca, miserable!

Nodriza. ¡Que Dios, desde el cielo, la bendiga! Hacéis mal, señor, en tratarla así.

Capuleto. ¿Y por qué, señora Sabiduría? Retened la lengua, madre Prudencia; id a parlotear con vuestros iguales.

Nodriza. No digo ninguna indignidad.

Capuleto. ¡Ea, vete con Dios!

Nodriza. ¿No se puede hablar?

Capuleto. ¡Silencio, caduca farfullera! Reserva tus prédicas para tus comadres de banquete; pues aquí no necesitamos de ellas.

Lady Capuleto. Os acaloráis demasiado.

Capuleto. ¡Hostia divina! Eso me trastorna el juicio. De día, de noche, a cada hora, a cada minuto, en casa, fuera de casa, solo o acompañado, durmiendo o velando, mi único afán ha sido el casarla, y hoy, que he hallado un hidalgo de faustosa alcurnia, que posee bellos dominios, joven, de noble educación, lleno, como se dice, de caballerosos dones, un hombre tan cumplido como puede un corazón desearlo... venir, una tonta, lloricona criatura, una quejumbrosa muñeca a responder cuando se le presenta su fortuna: Yo no quiero casarme, No puedo amar, -Soy demasiado joven, Os ruego que me perdonéis.

Sí, si no queréis casaros, os perdonaré; id a holgaros donde os plazca, no habitaréis más conmigo. Fijaos en esto, pensad en ello, no acostumbro chancearme. El jueves se acerca; poned la mano sobre el corazón, aconsejaos. Si sois mi hija, mi amigo os alcanzará; si no lo sois, haceos colgar, mendigad, pereced de hambre, morid en las calles; pues, por mi alma, jamás os reconoceré; nada de cuanto me pertenece se empleará jamás en vuestro bien. Contad con esto, reflexionad; no quebrantaré mi palabra.

(Vase)

Julieta. ¿No existe, no hay piedad en el cielo que penetre la profundidad de mi dolor? ¡Oh, tierna madre mía, no me arrojéis lejos de vos! Diferid este matrimonio por un mes, por una semana; o, si no lo hacéis, erigid mi lecho nupcial en el sombrío monumento que Tybal reposa.

Lady Capuleto. No te dirijas a mí, pues no responderé una palabra. Haz lo que quieras, todo ha concluido entrelas dos.

(Se marcha)

Julieta. ¡Dios mío! Nodriza, ¿cómo precaver esto? Mi marido está en la tierra, mi fe en el cielo: ¿cómo esta fe puede descender aquí abajo, si no es que mi esposo me la devuelve desde arriba, abandonando el mundo? Dame consuelo, aconséjame. ¡Ay, ay de mí! ¡Que el cielo ponga en práctica engaños contra un tan apacible ser como yo! ¿Qué dices? ¿No tienes una palabra de alegría, algún consuelo, nodriza?

Nodriza. Sí, en verdad, hele aquí: Romeo está desterrado, y apostaría el mundo contra nada a que no osará jamás venir a reclamaros, y a que, si lo hace, será indispensablemente a ocultas. En vista de esto, pues que al presente la situación es tal, opino que lo mejor para vos sería casaros con el conde. ¡Oh! ¡Es un amable caballero! Romeo es un trapo a su lado. Un águila, señora, no tiene tan claros, tan vivos, tan bellos ojos como tiene Paris. ¡Pese a mi propio corazón, creo que es una dicha para vos este segundo matrimonio! Está muy por encima del primero y, prescindiendo de esto, vuestro primer marido no existe, lo que equivale a tanto como a tenerle viviente en la tierra sin que le poseáis.

Julieta. ¿Hablas de corazón?

Nodriza. Y también de alma, o que Dios me castigue.

Julieta. Amén.

Nodriza. ¿Qué?

Julieta. Vaya, me has consolado maravillosamente. Entra y di a la condesa que, habiendo disgustado a mi padre, he ido a la celda de Fray Lorenzo a confesarme y a alcanzar absolución.

Nodriza. Corriente, iré a decirlo; en esto obráis cuerdamente.

(Vase)

Julieta. ¡Vieja condenada! ¡Perverso Satanás! ¿Cuál es peor pecado: inducirme así al perjurio, o improperar a mi señor con esa propia lengua que tantos millares de veces le ha puesto por encima de toda comparación? Anda, consejera; tú y mi corazón han hecho eterna ruptura. Voy a visitar al monje, para ver el recurso que me ofrece. Si todo medio falla, tengo el de acabar conmigo.

(Vase)

Acto IV

Escena I

[La celda de Fray Lorenzo]
Entran Fray Lorenzo y Paris

Fray Lorenzo. ¿El jueves, señor? El plazo es bien corto.

Paris. Mi padre Capuleto lo quiere así y nada tengo de calmudo para entibiar su premura.

Fray Lorenzo. Decís que no conocéis los sentimientos de la joven: torcido es el modo de obrar, no me agrada.

——

Paris. Julieta llora sin medida la muerte de Tybal y, por lo tanto, apenas la he hablado de amor; pues en casa de lágrimas no se sonríe Venus. Ahora bien, señor, su padre estima peligroso el que ella dé tal latitud a su pesar y, en su cordura, activa nuestro consorcio, para contener ese diluvio de llanto que, harto amado por Julieta en sil aislamiento, puede alejar de su mente la compañía. Ésta, ya lo sabéis, es la causa de su presteza.

Fray Lorenzo. [*Aparte*] Quisiera ignorar el motivo que debiera entibiarla. Ved, señor, ahí viene Julieta hacia mi celda.

(Entra Julieta)

Paris. ¡Dichoso encuentro, señora y esposa mía!

Julieta. Tal saludo cabrá, señor, cuando quepa llamarme esposa.

Paris. Puede, debe caber, amor mío, el jueves próximo.

Julieta. Será lo que debe ser.

Fray Lorenzo. Sentencia positiva es ésa.

Paris. ¿Venís a confesaros con Fray Lorenzo?

Julieta. Responder a esto sería confesarme con vos.

Paris. No le ocultéis que me amáis.

Julieta. Os haré la confesión de que le amo.

Paris. Igualmente, estoy seguro, le confesaréis que me amáis.

Julieta. Si tal hago, más precio tendrá la declaratoria hecha en vuestra ausencia que delante de vos.

Paris. ¡Infeliz criatura! Tu rostro se halla bien alterado por las lágrimas.

Julieta. El lloro ha conseguido sobre él victoria débil; pues bien poco valía antes de sus injurias.

Paris. Mas que las lágrimas le ofendes tú con semejante respuesta.

Julieta. Lo que no es una calumnia, señor, es una verdad, y lo que he dicho, dicho lo tengo a mi faz.

Paris. Tu faz es mía y la has calumniado.

Julieta. Quizás sea así, pues no me pertenece. Santo padre, ¿os halláis desocupado al presente, o tendré que venir a veros a la hora de vísperas?

Fray Lorenzo. El tiempo es mío al presente, mi grave hija. Señor, debemos pediros que nos dejéis solos.

—

Paris. ¡Dios me preserve de turbar la devoción! Julieta, el jueves, temprano, iré a despertaros. Adiós hasta entonces, y recibid este santo beso.

(Vase)

Julieta. ¡Oh! Cierra la puerta y, hecho esto, ven a llorar conmigo: ¡acabó la esperanza, el consuelo, la protección!

Fray Lorenzo. ¡Ah, Julieta! Ya conozco tu pesar; él me lleva a un extremo que me saca de juicio. Sé que debes, sin que nada pueda retardarlo, desposarte con ese conde el jueves próximo.

Julieta. Padre, no me digas que sabes del caso sin manifestarme cómo puedo impedirlo. Si en tu sabiduría, no cabe prestarme ayuda, declara solamente que apruebas mi resolución, y con este puñal voy a remediarlo al instante. Dios ha unido mi corazón al de Romeo, tú nuestras manos, y antes que esta mano, enlazada por ti a la de Romeo, sirva de sello a otro pacto, antes que mi corazón fiel, con desleal traición, se dé a otro, esto acabará con ambos. Alcanza pues de tu vieja, dilatada experiencia algún consejo que darme al presente, o, mira: este sangriento puñal se enderezará decisorio entre mi vejación y yo, resolviendo como árbitro lo que la autoridad de tus años y tu ciencia no atraiga a la senda del verdadero honor. No así dilates el responder; la muerte se me dilata si tu respuesta no habla de salvación.

Fray Lorenzo. Detente, hija; entreveo cierta clase de esperanza que requiere una resolución tan desesperada como desesperado es el mal que deseamos huir. Si tienes la energía de querer matarte antes que ser la esposa del conde Paris, no es, pues, dudoso que osarás intentar el remedio de la muerte para rechazar el ultraje a que haces cara con la muerte misma, en tu afán de evitarlo. Y pues tienes ese valor, voy a ofrecerte recurso.

Julieta. ¡Oh! Antes que casarme con Paris, manda que me precipite desde las almenas de esa torre, que discurra por las sendas de los bandidos, que vele donde se abrigan serpientes; encadéname con osos feroces o encuádrame por la noche en un osario repleto de rechinantes esqueletos humanos, de fétidos trozos de amarillas y descarnadas calaveras; mándame entrar en una fosa recién cavada y envuélveme con un cadáver en su propia mortaja, ordéname cosas que me hayan hecho temblar al escucharlas , y las llevaré a cabo sin temor ni hesitación para permanecer, la inmaculada esposa de mi dulce bien.

Fray Lorenzo. Oye, pues: vuelve a casa, muéstrate alegre, presta anuncia al enlace con Paris. Mañana es miércoles; mañana por la noche haz por dormir sola, no dejes que la nodriza te haga compañía en tu aposento. Así que estés en el lecho, toma este frasquito y traga el destilado licor que guarda.

Incontinenti correrá por tus venas todas un frío y letárgico humor, que dominará los espíritus vitales; ninguna arteria conservará su natural movimiento; por el contrario, cesarán de latir; ni calor, ni aliento alguno testificarán tu existencia; el carmín de tus labios y mejillas bajará hasta cenicienta palidez; caerán las cortinas de tus ojos como al tiempo de cerrarse por la muerte el día de la vida. Cada miembro, de ágil potencia despojado, yerto, inflexible, frío, será una imagen del reposo eterno. En este fiel trasunto de la pasmosa muerte permanecerás cuarenta y dos horas completas y, al vencerse, te despertarás como de un sueño agradable. Así, cuando por la mañana venga el novio para hacerte levantar del lecho, yacerás muerta en éste. Según el uso de nuestro país, ornada entonces de tus mejores galas, descubierta en el féretro, serás llevada al antiguo panteón donde reposa toda la familia de los Capuletos.

Mientras esto sucede, antes que vuelvas en ti, instruido Romeo por mis cartas de lo que intentamos, vendrá aquí: él y yo velaremos tu despertar y la propia noche te llevará tu esposo a Mantua. Este expediente te salvará de la afrenta que te amenaza si un fútil capricho, un terror femenino, no viene en la ejecución a abatir tu valor.

Julieta. Dame, ¡oh, dame!, no hables de temor.

Fray Lorenzo. Toma, adiós. Sé fuerte y dichosa en la empresa. Enviaré sin dilación a Mantua un religioso que lleve mi mensaje a tu dueño.

Julieta. ¡Amor! ¡Dame fuerza! La fuerza me salvará. ¡Adiós, mi querido padre!

(Vanse)

86

Escena II

[Un aposento en la casa de Capuleto]
Entran Capuleto, la señora Capuleto, la Nodriza y Criados

Capuleto. Invita a las personas cuyos nombres están inscritos aquí.
(Vase el primer criado)
[*Al segundo criado*] Maula, ve a alquilarme veinte cocineros hábiles.
Segundo Criado. Ni uno malo tendréis, señor, pues veré si pueden lamerse los dedos.
Capuleto. ¿Cómo probarlos de este modo?
Segundo Criado. Vaya, señor, es un mal cocinero el que no puede lamerse los dedos; por consecuencia, el que no consiga hacer tal cosa, no viene conmigo.
Capuleto. Ea, vete.
(Vase el segundo criado)
Bien mal preparados estaremos esta vez. ¡Eh! ¿Ha ido mi hija a ver al Padre Lorenzo?
Nodriza. Sí, por cierto.
Capuleto. Bueno, quizá pueda él hacer algo en bien suyo. Es una impertinente, una terca bribona.
(Entra Julieta)
Nodriza. Ved, ahí llega de la confesión, con semblante alegre.
Capuleto. ¿Qué hay, señorita obstinada? ¿Dónde se ha estado correteando?
Julieta. Donde he aprendido a arrepentirme del pecado de terca desobediencia a mi padre y a sus mandatos. El santo Lorenzo me ha impuesto el caer aquí de rodillas e implorar vuestro perdón. ¡Perdón, concedédmelo! En lo adelante me guiaré constantemente por vos.
Capuleto. Que se vaya por el conde, id e instruidle de lo que pasa. Quiero que este vínculo quede estrechado mañana temprano.
Julieta. He encontrado al joven conde en la celda de Fray Lorenzo y le he acordado cuanto pudiera un decoroso afecto sin traspasar los límites de la modestia.
Capuleto. Vaya, eso me alegra, eso está bien. Levantaos; la cosa está en regla. -Tengo que ver al conde; sí, pardiez; id, os digo, y traedle

aquí. Ciertamente, Dios antepuesto, toda nuestra ciudad debe grandes obligaciones a este santo y reverendo padre.

Julieta. Nodriza, ¿queréis seguirme a mi gabinete y ayudarme a escoger el traje de etiqueta que juzguéis a propósito para vestirme mañana?

Lady Capuleto. No, no, hasta el jueves; hay tiempo bastante.

Capuleto. Id, nodriza, id con ella.

(Vase Capuleto y la Nodriza)

[*A lady Capuleto*] Nosotros, a la iglesia mañana.

Lady Capuleto. Nuestra provisión será incompleta: ya es casi de noche.

Capuleto. ¡Calla, mujer! Yo andaré vivo y todo irá bien, te lo garantizo. Ve tú al lado de Julieta, ayúdala a ataviarse; yo no me acostaré esta noche. Dejadme solo; haré de ama por esta vez. ¡Qué! ¡Hola! Todos han salido. Bien, yo propio iré a ver al conde Paris, a fin de que esté listo para mañana. Mi corazón se halla dilatado en extremo desde que esa trastrocada criatura de tal modo ha vuelto en sí.

(Vanse)

Escena III

[Habitación de Julieta]
(Entran Julieta y la Nodriza)

Julieta. Sí, este traje es el mejor. Mas... te lo ruego, buena nodriza, déjame sola esta noche; pues necesito orar mucho para conseguir que el cielo mire propicio mi situación, que, bien sabes tú, es viciada y pecaminosa.

(Entra Lady Capuleto)

Lady capuleto. ¡Qué! ¿Estáis afanada? ¿Necesitáis mi ayuda?

Julieta. No, señora, tenemos elegidas todas las galas que exige mañana mi posición. Si lo tenéis a bien, consentid que permanezca sola y que la nodriza vele con vos esta noche; pues, estoy segura, tenéis toda vuestra gente ocupada en este tan atropellado preparativo.

Lady Capuleto. Buenas noches. Vete al lecho y reposa, porque lo necesitas.

(Vanse Lady Capuleto y la Nodriza)

Julieta. Id en paz. Dios sabe cuándo nos volveremos a ver! Siento correr por mis venas un frío, extenuante temblor, que casi hiela el fuego vital. Voy a hacerlas volver, para que me den fuerza. ¡Nodriza! ¿Qué habría de hacer aquí? Preciso es que yo sola ejecute mi horrible escena. Ven, pomo.

¿Y si este brebaje ningún efecto obra? ¿Tendré a la fuerza que casarme con el conde? No, no; esto lo impedirá. Reposa ahí, tú. *[Escondiendo un puñal en su lecho]* Mas, ¿si fuera un veneno que me hubiese sutilmente preparado el monje para causarme la muerte, a fin de no verse deshonrado por este matrimonio, él, que primero me desposó con Romeo? Lo tomo, aunque, bien mirado, no puede ser; pues siempre ha sido tenido por un hombre santo. No quiero alimentar tan mal pensamiento. ¿Y si, ya depuesta en la tumba, salgo del sueño antes que, venga a libertarme Romeo? ¡Terrífico lance éste! ¿No sería, en tal caso, sufocada en esa bóveda, cuya boca inmunda jamás inspira un aire puro, muriendo en ella ahogada antes que llegara mi esposo? Y, suponiendo que viva, ¿no es bien fácil que la horrible imagen de la muerte y de la noche, juntamente con el pavor del lugar, en un semejante subterráneo, una antigua catacumba, donde, después de tantos siglos, yacen hacinadas las osamentas de todos mis enterrados ascendientes, donde Tybal, ensangrentado, aun recién sepulto, se pudre en su mortaja; donde, según se dice, a ciertas horas de la noche se juntan los espíritus... ¡Ay! ¡Ay! ¿No es probable que yo, tan temprano vuelta en mí en medio de esos vapores infectos, de esos estallidos que imitan los de la mandrágora que se arranca de la tierra y privan de razón a los mortales que los oyen. ¡Oh! Si despierto, ¿no me volveré furiosa, rodeada de todos esos horribles espantos? ¿No puedo, loca, jugar con los restos de mis antepasados, arrancar de su paño mortuorio al mutilado Tybal y, en semejante frenesí, con el hueso de algún ilustre pariente, destrozar, cual si fuera con una porra, mi perturbado cerebro? ¡Oh! ¡Mirad! Paréceme ver la sombra de mi primo persiguiendo a Romeo, que le ha cruzado por el pecho la punta de una espada.

Detente, Tybal, detente. Voy, Romeo; bebo esto por ti.

(Apura el frasco y se arroja en el lecho)

Escena IV

[*Salón en la casa de Capuleto*]
(*Entran Lady Capuleto y la Nodriza*)

Lady Capuleto. Eh, nodriza, tomad las llaves e id a buscar más especias.

Nodriza. En la repostería piden más dátiles y membrillos.

(*Entra Capuleto*)

Capuleto. ¡Vamos, levantaos, en pie, en pie! El gallo ha cantado por segunda vez; ha sonado el toque matutino, son las tres. Cuidad de la pastelería, buena Angélica, que no se repare en gastos.

Nodriza. Andad, andad, maricón, andad con Dios; idos a la cama; de seguro estaréis enfermo mañana, por haber velado esta noche.

Capuleto. ¡Bah! No, ni sombra de eso. Otras noches he pasado en vela por causas menores y nunca me sentí indispuesto.

Lady Capuleto. Cierto, habéis sido una comadreja en vuestra juventud, mas yo velaré al presente que no veléis de ese modo.

(*Vanse Lady Capuleto y la Nodriza*)

Capuleto. ¡Genio celoso, genio celoso!

(*Entran criados con azadones, leños y cestos*)

Y bien, muchacho, ¿qué traéis ahí?

Primer Criado. Útiles para el cocinero, señor; mas no sé qué.

Capuleto. Date prisa, date prisa.

(*Vase el Primer Criado*)

[*Al segundo criado*] Truhán, trae troncos más secos; llama a Pedro, él te enseñará dónde hay.

Segundo Criado. Señor, tengo una cabeza que los hallará: nunca molestaré a Pedro por semejante cosa.

(*Vase*)

Capuleto. ¡Cuerpo de Cristo! Bien dicho. He ahí un tuno divertido. ¡Ja! Tú serás cabeza de tronco. Por mi vida, es de día. El conde no tardará en presentarse aquí con la música; pues así lo prometió. [*Música en el interior*] Siento que se aproxima. ¡Nodriza! ¡Esposa!¡Vamos, ea! ¡Nodriza! Ea, digo.

(Vuelve la Nodriza)

Id, id a despertar a Julieta y aderezadla; yo voy a hablar con Paris. ¡Vamos, daos prisa, daos prisa! El novio ha llegado ya. Apresuraos os digo.

(Se van)

Escena V

[*Alcoba de Julieta. Ésta en su lecho*]
(*Entra la Nodriza*)

Nodriza. ¡Señora! ¡Eh, señora! ¡Julieta! -Duerme profundamente, estoy segura. ¡Eh! paloma mía; ¡Eh, mi niña! ¡Vergüenza! ¡La dormilona! ¡Eh! amor mío, soy yo. ¡Mi dueña! ¡Dulce corazón! ¡Eh, señora novia! ¡Qué! ¿Ni una palabra? Tomáis vuestra parte adelantada, dormís una semana, porque el conde Paris, me consta lo que digo, está descansado en que bien poco descansaréis la noche próxima. ¡Dios me perdone! Sí, alabado sea. ¡Cuán profundo es su sueño! Es absolutamente preciso que la despierte. ¡Señora, señora, señora! Sí, dejad que el conde os sorprenda en el lecho: él os avivará de seguro. ¿Me equivoco?!

Qué es esto! ¡Vestida! ¡Con la ropa toda! ¡Y caer de nuevo! Tengo que despertaros sin falta. ¡Señora, señora, señora! ¡Ay!, ¡ay! ¡Socorro!, ¡socorro! ¡Mi señora está muerta! ¡Oh! ¡Siempre infausto día aquél en que nací! ¡Hola! Un poco de espíritu. ¡Señor amo! ¡Señora condesa!

(Entra Lady Capuleto)

Lady Capuleto. ¿Qué ruido es éste?

Nodriza. ¡Oh! ¡Desdichado día!

Lady Capuleto. ¿Qué ocurre?

Nodriza. ¡Mirad, mirad! ¡Oh! ¡día angustioso!

Lady Capuleto. ¡Ay de mí, ay de mí! ¡Hija mía! ¡Mi única vida! Despierta, abre los ojos, o moriré contigo. -¡Socorro!, ¡socorro! ¡Pide socorro!

(Entra Capuleto)

Capuleto. Por decoro, haced salir a Julieta; el conde ha llegado.

Nodriza. ¡Está muerta! Ha finado; ¡Está muerta! ¡Aciago día!

Lady Capuleto. ¡Día aciago! ¡Está muerta, muerta, muerta!

Capuleto. ¡Oh! Dejadme verla. Se acabó, ¡ay de mí! Está fría, su sangre no corre, sus miembros están rígidos: ha tiempo que la vida se ha apartado de estos labios. La muerte pesa sobre ella, cual una intempestiva helada sobre la más dulce flor de la pradera. ¡Maldito tiempo! ¡Desdichado anciano!

Nodriza. ¡Lamentable día!

Lady Capuleto. ¡Funesto instante!

Capuleto. La muerte que de aquí me la lleva para hacerme gemir, encadena mi lengua, embarga mi voz.

(Entran Fray Lorenzo y Paris, con los Músicos)

Fray Lorenzo. Ea, ¿se halla lista la novia para ir a la iglesia?

Capuleto. Dispuesta para ir, mas para no volver nunca. [*A París*] ¡Oh, hijo mío! La noche, víspera de tus desposorios, la ha pasado la muerte con tu prometida. Mira do yace, ella, la flor, en sus brazos desflorada. Mi yerno es el sepulcro, el sepulcro es mi heredero; ¡él se ha casado con mi hija! Moriré y le dejaré cuanto tengo: vida, fortuna, todo es de la muerte.

Paris. ¿He deseado tanto tiempo ver esta aurora para que sólo me ofrezca un semejante espectáculo?

Lady Capuleto. ¡Día desdichado y maldito! ¡Miserable, odioso día! ¡Hora la más infausta que ha visto el tiempo en todo el laborioso curso de su peregrinación! ¡Una sola, una pobre, única y amante hija, un solo ser, mi alegría y mi consuelo, y la muerte cruel me le arrebata de aquí!

Nodriza. ¡Oh, dolor! ¡Oh, angustioso, angustioso, angustioso día! ¡El más lamentable, el más doloroso que nunca jamás vieron mis ojos! ¡Oh, día! ¡Día, día! ¡Día aborrecible! ¡Nunca fue visto otro tan negro como tú! ¡Oh, doloroso, doloroso día!

Paris. ¡Seducido, divorciado, ofendido, traspasado, asesinado! Muerte execrable, ¡me has hecho traición! ¡A ti, cruel, despiadada, debo mi ruina total! ¡Amor mío, mi vida! ¡Vida no, sólo amor en la muerte!

Capuleto. ¡Escarnecido, congojado, aborrecido, deshecho, acabado! ¡Oh, triste momento! ¿Por qué has venido tú a destruir, a matar al presente nuestro solemne júbilo? ¡Hija, hija mía! ¡Mi alma, mi hija no!¡Muerta estás! ¡Ay! ¡Mi hija no existe, y con ella se han hundido mis alegrías!

Fray Lorenzo. ¡Eh, por decoro, apaciguaos! El remedio de la desesperación no se halla en desesperaciones como las presentes. El cielo, lo propio que vos, tenía su parte en esta bella criatura; Dios la posee ahora por completo, y la bien librada en ello es la doncella. Salvar no podíais de la muerte la parte que os tocaba, en tanto que el cielo conserva la suya en vida eterna.

Vuestro sumo fin era realzarla; sí, que ella se encumbrase, vuestro paraíso; y ahora, que más alta que las nubes se encuentra, a la misma altura del cielo, ¿estáis llorando? ¡Oh! Tan inverso es este amor que sentís por vuestra hija, que os desesperáis porque la veis dichosa. No es la mejor casada la que vive largo tiempo en maridaje; la mejor casada es la que muere joven esposa. Enjugad esas lágrimas, esparcid vuestro romero sobre la bella difunta y, conforme al uso, llevadla a la iglesia, adornada de sus más brillantes atavíos; [pues aunque la débil naturaleza nos pida a todos llanto,] el lloro de la naturaleza excita el sonreír de la razón.

Capuleto. Todos nuestros preparativos de fiesta pasan a prestar oficio de pompa fúnebre: las vihuelas harán de lúgubres campanas, esta alegre celebración nupcial se cambiará en grave, funerario banquete, los himnos festivos en melancólicas endechas y nuestros ramos de novia adornarán el ataúd de un cadáver. Todo en lo contrario se trasforma.

Fray Lorenzo. Retiraos, señor -y vos, señora, seguid a vuestro esposo. Salid, señor París. Disponeos cada uno a acompañar hasta su sepulcro este bello cadáver. El cielo, por cierto acto pecaminoso, se os muestra sombrío: no le irritéis más contrariando su voluntad suprema.

(Vanse Capuleto, la señora Capuleto, París y Fray Lorenzo)

Músico Primero. Por mi alma, bien podemos guardar nuestras flautas y marcharnos.

Nodriza. ¡Ah! Buena, honrada gente, guardadlas, guardadlas; pues bien veis que es éste un caso triste.

(Vase la Nodriza)

Músico Primero. Sí, a fe mía, el caso no es nada bueno.

(Entra Pedro)

Pedro. ¡Ah! ¡Músicos, músicos! ¡Contento del corazón! ¡Contento del corazón! Si queréis que viva, tocad ¡Contento del corazón!

Músico Primero. ¿Por qué Contento del corazón?

Pedro. ¡Ah! Músicos, porque el mío toca Mi corazón está lleno de tristeza. ¡Oh! Tocadme alguna alegre letanía para consolarme.

Músico Primero. Ninguna letanía por nuestra parte. No es ahora ocasión de tocar.

Pedro. ¿No queréis, pues?

Los músicos. No

Pedro. Bien, yo os la daré de ley.

Músico Primero. ¿Qué nos vais a dar?

Pedro. Nada de dinero, Por vida mía; solfa sí; os daré el solfista.

Músico Primero. Pues yo el corchete.

Pedro. En tal caso, os plantaré la daga del corchete en la cabeza. No soporto corchetes; os haré re, os haré fa. ¿Notáis lo que digo?

Músico Primero. Si me hacéis re, si me hacéis fa, nota ya soy.

Músico Segundo. Por favor, poned la daga en la vaina y a luz la imaginación.

Pedro. En guardia, entonces, contra mi imaginación. Voy a envainar mi daga de hierro y a daros duro con el hierro de la inteligencia. Contestadme racionalmente.

———

[*Canta*]
¿Cuando un dolor acerbo el pecho hiere
Y aguda pena nuestra mente oprime,
La música de sones argentinos...

¿Por qué son argentino? ¿Por qué música de son argentino? Di, Simón Cuerda de Tripa.

Músico Primero. En verdad, señor, porque la plata tiene un sonido agradable.

Pedro. ¡Lindo! -¿Por qué? Vos, Hugo Rebeck.

Músico Segundo. Digo son argentino, porque los músicos tocan por plata.

Pedro: ¡Lindo también! ¿Vos, qué decís, Santiago Alma de Violín?

Músico tercero: Por mi vida, no sé qué decir.

Pedro. ¡Oh! ¡Perdonadme! Sois el cantor: yo hablaré por vos. Se dice música de son argentino, porque hombres de vuestra especie rara vez alcanzan oro por su tocar.

[*Canta*]
La música de sones argentinos
Presto alivio nos brinda diligente
(Vase cantando)

Músico Primero. ¡Qué maligno truhán es ese hombre!

Músico Segundo. ¡Que lo cuelgue el verdugo! Ven, entremos aquí; aguardaremos por los del duelo y comeremos mientras.

(Se marchan)

—

Acto V

Escena I

[Mantua. Una calle]
Entra Romeo

Romeo. Si puedo confiar en la propicia muestra del sueño, mis sueños me anuncian una próxima dicha. Ligero sobre su trono reposa el señor de mi pecho y todo el día una extraña animación, en alas de risueñas ideas, me ha mantenido en un mundo superior. He soñado que llegaba mi bien y me encontraba exánime, (¡extraño sueño, que deja a un muerto la facultad de pensar!) y que sus besos inspiraban tal vida en mis labios, que volví en mí convertido en emperador. ¡Oh cielos! ¡Qué dulce debe ser la real posesión del amor, cuando sus solos reflejos tanta ventura atesoran!

(Entra Baltasar)

¡Nuevas de Verona! ¿Qué hay, Baltasar? ¿No me traes cartas del monje? ¿Cómo está mi dueño? ¿Goza mi padre salud? ¿Va bien mi Julieta? Te vuelvo a preguntar esto, porque nada puede ir mal si lo pasa ella bien.

Baltasar. Pues que bien está ella, nada malo puede existir. Su cuerpo reposa en el panteón de los Capuletos y su alma inmortal mora con los ángeles. Yo la he visto depositar en la bóveda de sus padres y tomé la posta al instante para anunciároslo. ¡Oh, señor! Perdonadme por traer esta funesta noticia; pues que es el encargo que me dejasteis.

Romeo. ¿Es lo cierto? Pues bien, astros, yo os hago frente. -Tú sabes dónde vivo, procúrame tinta y papel y alquila caballos de posta: parto de aquí esta noche.

Baltasar. Excusadme, señor, no puedo dejaros así. -Vuestras pálidas y descompuestas facciones vaticinan una desgracia.

Romeo. ¡Bah! Te engañas. Déjame y haz lo que te he mandado. ¿No tienes para mí ninguna carta del padre?

Baltasar. No, mi buen señor.

Romeo. No importa: vete y alquílame los caballos; me reuniré contigo sin demora.

(Vase Baltasar)

Bien, Julieta, reposaré a tu lado esta noche. Busquemos el medio. ¡Oh, mal! ¡Cuán dispuesto te hallas para entrar en la mente del mortal desesperado! Me viene a la idea un boticario -por aquí cerca vive; le vi poco ha, el vestido andrajoso, las cejas salientes, entresacando simples: su mirada era hueca, la cruda miseria le había dejado en los huesos.

Colgaban de su menesterosa tienda una tortuga, un empajado caimán y otras pieles de disformes anfibios: en sus estantes, una miserable colección de botes vacíos, verdes vasijas de tierra, vejigas y mohosas simientes, restos de bramantes y viejos panes de rosa se hallaban a distancia esparcidos para servir de muestra. Al notar esta penuria, dije para mí: Si alguno necesitase aquí una droga cuya venta acarrease sin dilación la muerte en Mantua, he ahí la morada de un pobre hombre que se la vendería. ¡Oh! Tal pensamiento fue sólo pronóstico de mi necesidad. Sí, ese necesitado tiene que despachármela. A lo que recuerdo, ésta debe ser la casa. Como es día de fiesta, la tienda del pobre está cerrada. ¡Eh, eh! ¡Boticario!

(Aparece el Boticario)

Boticario. ¿Quién llama tan recio?

Romeo. Llégate aquí, amigo. Veo que eres pobre; toma, ahí tienes cuarenta ducados. Proporcióname una dosis de veneno, sustancia, de tal suerte activa, que se esparza por las venas todas y el cansado de vivir que la tome caiga muerto; tal, que haga perder al pecho la respiración con el propio ímpetu con que la eléctrica, inflamada pólvora sale del terrible hueco, del cañón.

Boticario. Tengo de esos mortíferos venenos; pero la ley de Mantua castiga de muerte a todo el que los vende.

Romeo. ¿Y tú, tan desnudo y lleno de miseria, tienes miedo a la muerte? El hambre aparece en tus mejillas, la necesidad y el sufrimiento mendigan en tus ojos, sobre tu espalda cuelga la miseria en andrajos. Ni el mundo, ni su ley son tus amigos; el mundo no tiene ley ninguna para hacerte rico; quebranta, pues, sus prescripciones; sal de miserias, y toma esto.

Boticario. Mi pobreza, no mi voluntad, lo acepta.

Romeo. Pago tu pobreza, no tu voluntad.

Boticario. Echad esto en el líquido que tengáis a bien, apurad la disolución y aunque tuvieseis la fuerza de veinte hombres daría cuenta de vos en el acto.

Romeo. Ahí tienes tu oro, veneno más funesto para el corazón de los mortales, causante de más homicidios en este mundo odioso que esas pobres misturas que no tienes permiso de vender. Yo te entrego veneno, tú a mí ninguno me has vendido. Adiós, compra pan y engórdate. ¡Ven, cordial, no veneno! Ven conmigo al sepulcro de Julieta; pues en él es donde debes servirme.

(Se marchan)

Escena II

[La celda de Fray Lorenzo]
(Entra Fray Juan)

Fray Juan. ¡Hermano francisco, reverendo padre, eh!
(Entra Fray Lorenzo)
Fray Lorenzo. Ésta es, sí, la voz de Fray Juan. Bienvenido de Mantua. ¿Qué dice Romeo? Si se expresa por escrito, dadme su carta.

Fray Juan. Buscando, para acompañarme, un hermano descalzo, miembro de nuestra orden, que se hallaba visitando los enfermos de esta población, al dar con él, los inspectores de la ciudad, sospechando que estábamos en un convento donde reinaba el mal contagio, cerraron las puertas y no quisieron dejarnos salir. Así, pues, mi viaje a Mantua quedó allí en suspenso.

Fray Lorenzo. Entonces ¿quién llevó mi carta a Romeo?

Fray Juan. Aquí vuelve, no pude mandarla ni encontrar un mensajero que te la trajera. ¡Tanto miedo infundía a todos el contagio!

Fray Lorenzo. ¡Funesta contrariedad! Lo juro por nuestra orden, no era una carta insignificante; por el contrario, abrazaba un encargo de suma cuenta, y su demora puede acarrear gran peligro. Ve, Fray Juan, procúrame una barrena y tráela sin dilación a mi celda.

Fray Juan. Voy a traértela, hermano.
(Vase)
Fray Lorenzo. Ahora, preciso es que me dirija solo al panteón. Dentro de tres horas despertará la bella Julieta y me colmará de maldición porque Romeo no ha sido instruido de estos percances. Pero yo escribiré de nuevo a Mantua y guardaré a la joven en mi celda hasta que vuelva su esposo. ¡Pobre cadáver viviente, encerrado en el sepulcro de un muerto!
(Se retira)

Escena III

[*Un cementerio, en medio del cual se alza el sepulcro de los Capuletos*]
Entra Paris, seguido de su paje, que trae una antorcha y flores.

Paris. Paje, dame la antorcha. Retírate, y manténte a distancia. -No, apágala; pues no quiero ser visto. Tiéndete allá, al pie de esos sauces, manteniendo el oído pegado en la cavernosa tierra; de este modo, ninguna planta hollará el suelo del cementerio ya flojo y movible, a fuerza de abrirse en él sepulturas sin que la oigas: en tal caso, me silbarás, siendo indicio de que sientes aproximarse a alguno. Dame esas flores. Anda, haz lo que te he dicho.

Paje. [*Aparte*] Medio amedrentado estoy de quedarme aquí solo, en el cementerio; sin embargo, voy a arriesgarme.

(Se aleja)

Paris. Dulce flor, yo siembro de flores tu lecho nupcial. Querida tumba, que contienes en tu ámbito la perfecta imagen de los seres eternales, bella Julieta, que moras con los ángeles, acepta esta última ofrenda de mis manos; ellas, en vida te respetaron, y muerta, con funeral celebridad adornan tu tumba.

(Silba el Paje)

El Paje da aviso; alguno se acerca. ¿Qué pie sacrílego yerra por este sitio, en la noche presente, turbando mis ceremonias, las exequias del fiel amor? ¿Con una antorcha? ¡Cómo! -Noche, vélame un instante.

(Se aparta)

(Entra Romeo, seguido de Baltasar, que trae una antorcha, un azadón, etc.)

Romeo. Dame acá ese azadón y esa barra de hierro. Ten, toma esta carta; mañana temprano cuida de entregarla a mi señor y padre. Trae acá la luz. Bajo pena de vida te prevengo que permanezcas a distancia, sea lo que quiera lo que oigas o veas, y que no me interrumpas en mis actos. Si bajo a este lecho de muerte, hágolo en parte para contemplar el rostro de mi adorada; mas sobre todo, para quitar en la tumba del insensible dedo de Julieta un anillo precioso, un anillo que debe servirme para una obra importante. Aléjate pues, vete. Y haz cuenta que si, receloso, vuelves atrás para espiar lo que en lo adelante tengo el designio de llevar a cabo, ¡por el cielo!, te desgarraré pedazo a pedazo y sembraré este goloso suelo con tus miembros. Como el momento, mis proyectos son salvajes, feroces; mucho más fieros, más inexorables que el tigre hambriento o el mar embravecido.

Baltasar. Quiero irme, señor, y no turbaros.

Romeo. Haciéndolo, me probarás tu adhesión. Toma esto. Vive y sé dichoso, buen hombre, y adiós.

Baltasar. *[Para sí]* Por todo eso mismo voy a ocultarme en las cercanías. Sus miradas me inquietan y recelo de sus intenciones.

(Se esconde cerca)

Romeo. ¡Oh! Tú, abominable seno, vientre de muerte, repleto del más exquisito bocado de la tierra, de este modo haré que se abran tus pútridas quijadas; te sobrellenaré a la fuerza de más alimento.

(Desencaja la puerta del monumento)

Paris. Es ese proscrito, altanero Montagüe, que dio muerte al primo de Julieta, por cuyo pesar, según dicen, murió la graciosa joven. Aquí viene ahora a inferir a los cadáveres algún bajo ultraje. Voy a echarle mano.

(Se adelanta)

Cesa en tu afán impío, vil Montagüe: ¿cabe proseguir la venganza más allá de la muerte? Miserable proscrito, arrestado quedas: obedece y sígueme; pues es preciso que mueras.

Romeo. Sí, indispensable es, y por ello vengo a este sitio. -Noble y buen mancebo, no tientes a un hombre desesperado; huye de aquí y déjame. Piensa en esos muertos y dente pavor. Suplícote, joven, que no cargues mi cabeza con un nuevo pecado impeliéndome a la rabia.

¡Oh!, vote. Por Dios, te amo más que a mí mismo; pues contra mí propio vengo armado a este lugar. No tardes, márchate: vive, y di, a contar desde hoy, que la piedad de un furioso te impuso el huir.

Paris. Desprecio tus exhortaciones y te echo mano aquí como a un malhechor.

Romeo. ¿Quieres provocarme? Pues bien, mancebo, mira por ti.

(Se baten)

Paje. ¡Oh Dios! Se baten. Voy a llamar la guardia.

(Vase el Paje)

Paris. ¡Ah! ¡Muerto soy!

(Cae)

Si hay piedad en ti, abre la tumba y ponme al lado de Julieta.

(Muere)

Romeo. Sí, por cierto, lo haré. Contemplemos su faz. ¡El pariente de Mercucio, el noble conde Paris! ¿Qué dijo Baltasar mientras cabalgábamos, en esos instantes en que mi alma agitada no le ponía atención? Me contaba, creo, que Paris debía haberse casado con Julieta. ¿No dijo eso? ¿O lo habré yo soñado?, ¿o es que, demente, así me lo imaginé al oír hablar de ella? ¡Oh, dame tu mano, tú, lo mismo que yo, inscrito en el riguroso libro de la adversidad! Voy a sepultarte en una tumba esplendente. ¿Una tumba? ¡Oh! no, una gloria, asesinado joven; pues en ella reposa Julieta, y su belleza trueca esta bóveda en una luminosa mansión de fiesta. Muerte, yace ahí enterrada por un muerto *(Dejando a París en el monumento)*

¡Cuántas veces los hombres, a punto de morir, han sentido regocijo! ¡El postrer relámpago vital, cual dicen sus asistentes! Mas ¿cómo llamar a lo que siento un relámpago? ¡Oh! ¡Amor mío, esposa mía! La muerte, que ha extraído la miel de tu aliento, no ha tenido poder aún sobre tu hermosura; no has sido vencida: el carmín, distintivo de la belleza, luce en tus labios y mejillas, do aún no ondea la pálida enseña de la muerte. ¿Ahí, tú, Tybal, reposando en tu sangrienta mortaja? ¡Oh! ¿qué mayor servicio puedo ofrecerte que aniquilar con la propia mano que tronchó tu juventud la juventud del que fue tu enemigo? ¡Perdóname, primo! -Amada Julieta, ¿por qué luces tan bella aún? ¿Debo creer que el fantasma de la muerte se halla apasionado y que el horrible, descarnado monstruo te guarda aquí, en las tinieblas, para hacerte su dama?

Temeroso de que sea así, permaneceré a tu lado eternamente y jamás tornaré a retirarme de este palacio, de la densa noche. Aquí, aquí voy a estacionarme con los gusanos, tus actuales doncellas; sí, aquí voy a establecer mi eternal permanencia, a sacudir del yugo de las estrellas enemigas este cuerpo cansado de vivir. ¡Echad la postrer mirada, ojos míos! ¡Brazos, estrechad la vez última! Y vosotros, ¡oh labios!, ¡puertas de la respiración, sellad con un ósculo legítimo un perdurable pacto con la muerte monopolista! ¡Ven, amargo conductor; ven, repugnante guía! ¡Piloto desesperado, lanza ahora de un golpe, contra las pedregosas rompientes, tu averiado, rendido bajel! ¡Por mi amor!

(Apura el veneno)

¡Oh, fiel boticario! Tus drogas son activas. Así, besando muero.

(Muere)

(Aparece Fray Lorenzo por el otro extremo del cementerio, con una linterna, una barrena y una azada)

Fray Lorenzo. ¡San Francisco, sé mi auxiliar! ¡Cuántas veces, esta noche, han tropezado contra tumbas mis añosos pies! ¿Quién está ahí? ¿Quién es el que hace compañía a los muertos a hora tan avanzada?

Baltasar. Él que está aquí es un amigo, uno que os conoce bien.

Fray Lorenzo. ¡Dios os bendiga! Decid, mi buen amigo, ¿qué antorcha es aquella que inútilmente presta su luz a los gusanos y a los cráneos sin ojos? A lo que distingo, arde en el sepulcro de los Capuletos.

Baltasar. Así es, reverendo padre; y allí está mi señor, una persona a quien estimáis.

Fray Lorenzo. ¿Quién es?

Baltasar. Romeo.

Fray Lorenzo. ¿Cuánto hace que está ahí?

Baltasar. Una media hora larga.

Fray Lorenzo. Ven conmigo al panteón.

Baltasar. No me atrevo, señor; mi amo cree que he dejado este sitio y me amenazó de un modo terrible con la muerte si permanecía para espiar sus intentos.

Fray Lorenzo. Quédate, pues; yo iré solo. Me asalta el miedo; ¡oh!, mucho me temo un siniestro accidente.

Baltasar. Mientras dormía aquí, bajo estos sauces, soñé que mi señor se batía con otro hombre y que mi amo había matado a éste.

Fray Lorenzo. ¡Romeo!

(Se adelanta)

-¡Ay!, ¡ay!, ¿qué sangre es ésta que mancha el pétreo umbral de este sepulcro? ¿Qué indican estos perdidos, sangrientos aceros, empañados, por tierra en tal sitio de paz?

(Entra en el monumento)

¡Romeo! ¡Oh!, ¡pálido está! ¿Otro aún? ¡Cómo! ¿Paris también? ¡Y bañado en su sangre! ¡Ah!, ¿qué desapiadada hora es culpable de este lamentable suceso?

(Despierta Julieta)

Julieta. ¡Oh, padre caritativo! ¿Dónde está mi dueño? Recuerdo bien el sitio en que debía despertarme; sí, en él me hallo. ¿Dónde está mi Romeo?

(Ruido al exterior de la escena)

Fray Lorenzo. Oigo ruido. Señora, deja este antro de muerte, de contagio, de sueño violento. Un poder superior, al que no podemos resistir, ha desconcertado nuestros designios. Ven, sal de aquí; tu esposo yace ahí, a tu lado, sin vida, y Paris también. Ven, yo te haré entrar en una comunidad de santas religiosas. No tardes con preguntas, pues la ronda se acerca. Ven, sal, buena Julieta. [*Ruido otra vez*] No me atrevo a permanecer más tiempo.

(Vase)

Julieta. Sal, aléjate de aquí; pues yo no quiero partir. ¿Qué es esto? ¿Una copa comprimida en la mano de mi fiel consorte? El veneno, lo veo, ha causado su fin prematuro. ¡Oh! ¡Avaro! ¡Tomárselo todo, sin dejar ni una gota amiga para ayudarme a ir tras él! Quiero besar tus labios; acaso exista aún en ellos un resto de veneno que me haga morir, sirviéndome de cordial.

(Lo besa)

¡Tus labios están, calientes!

Primer Guardia. [*Desde el exterior de la escena*] Condúcenos, muchacho. ¿Por dónde es?

Julieta. ¿Ruido? Sí. Apresurémonos pues. ¡Oh, dichoso puñal! [Apoderándose del puñal de Romeo] Esta es tu vaina; *(Se hiere)* Enmohece en ella y déjame morir.

(Cae sobre el cuerpo de Romeo, y muere)

(Entra la ronda, guiado por el Paje de Paris)

Paje. Éste es el sitio; ahí donde arde la antorcha.

Primer Guardia. El suelo está lleno de sangre; id, buscad algunos de vosotros por el cementerio, echad mano a quien quiera que encontréis. ¡Lastimoso cuadro! He ahí al conde asesinado y a Julieta manando sangre, caliente y apenas desfigurada; ella, hace dos días dejada aquí sepulta. Id a instruir al príncipe; corred a casa de los Capuletos, poned en pie a los Montagües. Inquirid algunos de vosotros. [Vanse otros guardias] Vemos el lugar en que tales duelos tienen asiento, pero lo que realmente ha dado lugar a estos duelos deplorables no podemos verlo sin informes.

(Vuelven algunos de los guardias con Baltasar)

Segundo Guardia. Aquí tenéis al criado de Romeo, le hemos hallado en el cementerio.

Primer Guardia. Tenedle a recaudo mientras llega aquí el príncipe.

(Entra otro guardia con Fray Lorenzo)

Tercer Guardia. Ved un monje que tiembla, suspira y llora. Le hemos quitado este azadón y esta barra cuando venía de esa parte del cementerio.

Primer Guardia. ¡Grave sospecha! Retened al monje también.

(Entran el Príncipe y su séquito)

Príncipe. ¿Qué infortunio ocurre a tan primera hora, que nos arranca de nuestro matinal reposo?

(Entran Capuleto, Lady Capuleto y otros)

Capuleto. ¿Qué es lo que pasa, que así alborotan por fuera?

Lady Capuleto. Unos gritan en las calles, ¡Romeo!; otros, ¡Julieta! otros, ¡Paris!, y todos corren con gran vocería hacia el panteón de nuestra familia.

Príncipe. ¿Qué alarma es ésta que ensordece nuestros oídos?

Primer Guardia. Augusto señor, el conde Paris yace asesinado ahí, Romeo sin vida, y Julieta, de antemano muerta, caliente aún y acabada segunda vez.

Príncipe. Buscad, inquirid y penetraos de cómo vino esta abominable matanza.

Primer Guardia. Aquí están un monje y el criado del difunto Romeo; ambos portaban utensilios apropiados para abrir las sepulturas de estos muertos.

Capuleto. ¡Oh, cielos! ¡Oh, esposa mía! ¡Ve cómo sangra nuestra hija! Este puñal ha equivocado el camino. Sí, ¡mira!, en la trasera de Montagüe está su vaina vacía, -y se ha metido por error en el seno de mi hija.

Lady Capuleto. ¡Ay de mí! Este cuadro mortuorio es campana que llama al sepulcro mi vejez.

(Entran Montagüe y otros)

Príncipe. Acércate, Montagüe: temprano te has puesto en pie para ver a tu hijo y heredero más temprano caído.

Montagüe. ¡Ay! Príncipe mío, mi esposa ha muerto esta noche; el pesar del destierro de su hijo la dejó inánime. ¿Qué nuevo dolor conspira contra mi vejez?

Príncipe. Mira y verás.

Montagüe. ¡Oh, hijo degenerado! ¿Qué usanza es ésta de lanzarte en la tumba antes de tu padre?

Príncipe. Tened, sellad el ultrajante labio hasta que hayamos podido esclarecer estos misterios y descubrir su origen, su esencia, su verdadera progresión. Alcanzado esto, seré de vuestras penas el principal doliente y os acompañaré en todo hasta el último extremo. Hasta entonces, reprimíos y avasallad a la paciencia el infortunio. Haced que avancen los individuos sospechosos.

Fray Lorenzo. Yo, el más importante, el menos pudiente, soy sin embargo, puesto que la hora y el lugar deponen en mi contra, el más sospechoso de esta horrible matanza, y aquí comparezco para acusarme y defenderme, para ser por mí propio condenado y absuelto.

Príncipe. Di pues, de seguida, lo que sepas acerca de esto.

Fray Lorenzo. Seré breve; pues el poco aliento que me queda no alcanza a la extensión de un prolijo relato. Romeo, el que ahí yace, era esposo de Julieta, y esa Julieta, muerta ahí, la fiel consorte de Romeo. Yo los casé: el día de su secreto matrimonio fue el último de Tybal, cuya intempestiva muerte extrañó de esta ciudad al nuevo cónyuge, por quien, no por el muerto primo, Julieta descaecía. Vos, [*A Capuleto*] para alejar de su pecho ese insistente pesar, la prometisteis al conde Paris y quisisteis por fuerza que le diera su mano.

Entonces fue que ella vino a encontrarme y con extraviados ojos me precisó a buscar el medio de libertarla de ese segundo matrimonio, amenazando matarse en mi celda si no lo hacía. En tal virtud, bien aleccionado por mi experiencia, la proveí de una poción narcótica, que ha obrado como esperaba, dando a su ser la apariencia de la muerte. En el intervalo, escribí a Romeo a fin de que viniese aquí esta noche fatal, plazo prefijo en que la fuerza del brebaje debía concluir, para ayudarme a sacar a la joven de su anticipada tumba; mas el portador de mi carta, el hermano Juan, detenido por un accidente, me la devolvió ayer por la tarde. Solo pues del todo, a la precisa hora de despertar Julieta, me encaminé a sacarla del sepulcro de sus antepasados, con intención de retenerla oculta en mi celda hasta que fuese posible avisar a su esposo; empero, a mi llegada, minutos antes de la hora de volver aquella en sí, violentamente acabados, me hallé aquí al noble Paris y al fiel Romeo.

Despierta en esto Julieta. Instábala yo a salir y a soportar con paciencia este golpe del cielo, cuando un ruido me ahuyenta de la tumba. Ella, entregada a la desesperación, no quiso seguirme, y según toda apariencia, atentó contra sí misma. Esto es todo lo que sé; por lo que respecta al matrimonio, la Nodriza estaba en el secreto. Y si en lo dicho ha ocurrido desgracia por mi falta, que mi vieja existencia, algunas horas antes de su plazo, sea sacrificadá al rigor de las leyes más severas.

Príncipe. Siempre te hemos tenido por un santo varón. ¿Dónde está el criado de Romeo? ¿Qué puede decir sobre lo presente?

111

Baltasar. Yo llevé noticia a mi señor de la muerte de Julieta y él al punto salió, en posta, de Mantua para este preciso lugar, para este panteón. Diome orden de llevar temprano a su padre esta carta que veis, y al dirigirse a la bóveda esa, me amenazó con pena de muerte si no partía y le dejaba solo.

Príncipe. Dame la carta, quiero enterarme de ella. ¿Dónde está el paje del conde? El que dio aviso a la guardia? Tunante, ¿qué hacía aquí tu señor?

Paje. Vino a regar flores sobre el sepulcro de su prometida; mandome estar a lo lejos, y así lo hice. Muy luego apareció uno con luz, para abrir la tumba, y a poco cayó sobre él mi amo, espada en mano. Entonces fue que corrí para llamar la guardia.

Príncipe. Esta carta comprueba las palabras del monje; el relato de su mutuo amor, la comunicación de la muerte de Julieta. Dice Romeo que adquirió el veneno de un pobre boticario y asimismo que vino a morir a este panteón y a reposar al lado de ella. ¿Dónde están esos contrarios? ¡Capuleto! ¡Montagüe!

¡Ved qué maldición está pesando sobre vuestros odios, cuando el cielo halla medio para matar vuestras alegrías sirviéndose del amor! Y yo, por también tolerar vuestras discordias, he perdido dos deudos. Castigado todo.

Capuleto. ¡Oh, Montagüe, hermano mío, dame la mano! [*Estrechando la mano de Montagüe*] Ésta es la viudedad de mi hija: nada más puedo pedirte.

Montagüe. Pero yo puedo más darte; pues, de oro puro, le erigiré una estatua, para que mientras Verona por tal nombre se conozca, no se alce en ella busto de más estima que el de la bella y fiel Julieta.

Capuleto. De igual riqueza se alzará Romeo a su lado. ¡Pobres ofrendas de nuestras rencillas!

Príncipe. La presente aurora trae consigo una paz triste; pesaroso el sol, vela su faz. Salgamos de aquí para continuar hablando de estos dolorosos asuntos. Perdonados serán unos, castigados otros; pues jamás hubo tan lamentable historia como la de Julieta y su Romeo.

(Vanse)

Fin

———

CPSIA information can be obtained
at www.ICGtesting.com
Printed in the USA
BVHW062016190321
602998BV00004B/78